रजनीगंधा

कथा : मन्नू भंडारी
पटकथा : बासु चटर्जी

हिन्द पॉकेट बुक्स
पेंगुइन रैंडम हाउस इम्प्रिंट

हिन्द पॉकेट बुक्स

यूएसए। कनाडा। यूके। आयरलैंड। ऑस्ट्रेलिया। सिंगापुर
न्यू ज़ीलैंड। भारत। दक्षिण अफ्रीका। चीन

हिन्द पॉकेट बुक्स, पेंगुइन रैंडम हाउस ग्रुप ऑफ़ कम्पनीज़ का हिस्सा है,
जिसका पता global.penguinrandomhouse.com पर मिलेगा

पेंगुइन रैंडम हाउस इंडिया प्रा. लि.,
चौथी मंजिल, कैपिटल टावर -1, एम जी रोड,
गुड़गांव 122 002, हरियाणा, भारत

पेंगुइन
रैंडम हाउस
इंडिया

प्रथम संस्करण 1975 में हिन्द पॉकेट बुक्स द्वारा प्रकाशित
यह संस्करण 2019 में प्रकाशित

10 9 8 7 6 5 4 3 2

ISBN 9789353490409
मुद्रकः रेप्रो इंडिया लिमिटेड

www.penguin.co.in

FSC
www.fsc.org
MIX
Paper from
responsible sources
FSC® C047271

This is a legitimate digitally printed version of the book and therefore might not have certain extra finishing on the cover.

पात्र-परिचय

पात्र		कलाकार
दीपा	:	विद्या सिन्हा
संजय	:	अमोल पालेकर
नवीन	:	दिनेश ठाकुर
ईरा	:	रजिता ठाकुर

छायांकन
के. के. महाजन

गीत
योगेश

पार्श्वगायक
लता मंगेशकर तथा मुकेश

संगीत
सलिल चौधरी

कथा
मन्नू भंडारी

पटकथा
बासु चटर्जी

निर्देशक

बासु चटर्जी

['तीसरी कसम', 'सरस्वती चंद्र', 'सारा आकाश' और 'उस पार' जैसी फिल्मों से ख्यातिप्राप्त बासु चटर्जी को 'रजनीगंधा' का निर्देशन करने के उपलक्ष्य में सर्वश्रेष्ठ निर्देशक का पुरस्कार मिला है।]

निर्माता

सुरेश जिंदल

[अमरीका की कैलिफोर्निया यूनीवर्सिटी से प्रशिक्षित तथा नये विचारों को उभारकर सामने लाने को प्रयत्नशील युवक फिल्म-निर्माता के रूप में प्रतिष्ठित]

संपादक

जी. जी. मायेकर

मुख्य सहायक निर्देशक

एस. गांगुली

सहायक निर्देशक

राजीव सुरी तथा कमल सहगल

रजनीगंधा

दृश्य 1

रेलगाड़ी का डिब्बा और प्लेटफार्म

[दीपा रेल के डिब्बे में बैठी है। आंखें मुंदी हुई हैं। रेल भागी जा रही है। दीपा की आंखें खुलती हैं। वह चौंकती है। सारा डिब्बा खाली है। वह घबराती है। उठती है। दौड़-कर दूसरे डिब्बों में जाती है। सारे डिब्बे खाली हैं। वह चेन खींचती है। चेन हाथ में आती है। कहीं किसी स्टेशन पर गाड़ी खड़ी होती है। दीपा उतरती है। स्टेशन पर भी कोई इंसान नज़र नहीं आता। वह दौड़कर स्टेशन-मास्टर के कमरे की तरफ जाती है। गाड़ी चल देती है। दीपा गाड़ी पकड़ने के लिए दौड़ती

है। गाड़ी पकड़ नहीं पाती। यकायक देखते हैं कि गाड़ी की खिड़कियों से आदमी मुंह निकालकर हंस रहे हैं। दीपा भागती-भागती गिर पड़ती है।]

दृश्य 2

दिन : दीपा का मकान

[दीपा की नींद खुलती है। वह हांफती हुई उठती है।

उसकी भाभी आती है।]

भाभी : उठ गई? चल, चाय तैयार है।

दीपा : भाभी आज मैंने बहुत डरावना सपना देखा।

भाभी : वह तो तू रोज़ ही देखती रहती है। चल उठ, हमारी गाड़ी एक बजे जानी है।

दीपा : कब आओगी भाभी?

भाभी : छुट्टी तो तेरे भैया ने एक महीने की ली है लेकिन इनका कहना है, ससुराल भी कोई रहने की जगह है! मेरी छोटी बहन की शादी न होती तो कभी न जाते यह।

दीपा : नहीं भाभी, जाओ। अच्छी तरह घूमकर आओ।

भाभी : तेरा खयाल है···तुझे अकेला छोड़कर···

दीपा : अकेली कहां हूँ मैं? बहादुर है, फिर मेहता आण्टी भी तो है!

भाभी : संजय नहीं है?

दीपा : हां, संजय भी है। बस!

भाभी : आज मिल रही है उससे?

दीपा : हां, आज हम दोनों सिनेमा देख रहे हैं।

दृश्य 3

दिन : रीगल : नई दिल्ली

[दीपा संजय का इंतज़ार कर रही है। आते-जाते स्कूटर-बसों को देखती रहती है। घड़ी की तरफ भी देखती है। थोड़ी चहलकदमी करती है। एक नौजवान दीपा के पास आता है।]

नौजवान : एक्सक्यूज़ मी, आपके पास कोई एक्स्ट्रा टिकट है?

दीपा : जी नहीं।

[दीपा एक ओर चल देती है। फिर घड़ी देखती है। एक और नौजवान उसके पास आता है।]

नौजवान : मेरे पास एक एक्स्ट्रा टिकट है। अगर आप चाहें तो मेरे साथ..?

दीपा : (एकदम) जी नहीं।

[दीपा फिर दूसरी ओर चल देती है। काफी चिढ़ी हुई लगती है। एक चलती बस से संजय कूदता है। उसकी चप्पल टूट जाती है।

बिना परवाह किए चप्पल घसीटता दीपा के पास आता है।]

संजय : सो सॉरी दीपा! कम्बख्त बस ने देर करवा दी। चलो।

दीपा : तुम्हें आज तक कोई बस वक्त से मिली भी है?

संजय : ऐसी कौन-सी देर हो गई? अभी तो वो सड़ियल फिल्म्स डिवीज़न की डाक्यूमेण्टरी चल रही होगी। पिक्चर पूरी देखने को मिलेगी।

[दोनों सिनेमा के बरामदे की तरफ बढ़ते हैं···दरवाजे पर पहुंचते-पहुंचते संजय जेबें टटोलने लगता है।]

दीपा : क्या हुआ?

संजय : लगता है, टिकट कल वाली पैण्ट की जेब में ही भूल गया।

दीपा : बस, यही बाकी था। क्या पता एक दिन मुझे भी शायद ऐसे ही भूल जाओगे।

दृश्य 4

रीगल : नई दिल्ली

[संजय हंसता है।]

संजय : लो फिर नाराज़ हो गईं! क्या करूं दीपा, मैं कुछ हूं ही भुलक्कड़। गोली मारो फिल्म को। फिर कभी देख लेंगे। चलो, कॉफी हाउस चलते

हैं।

दीपा : पहले ये चप्पल मरम्मत कराओ। तुम फटी चप्पल फटकारते चलो और मैं संग रहूं, ये नहीं होगा। सब लोग देखेंगे हमें।

दृश्य 5

पेवमेण्ट [सड़क की पटरी]

[मोची चप्पल पर आखिरी कील लगाकर चप्पल आगे बढ़ाता है।]

संजय : चलो, पालिश भी कर दो।

[मोची पालिश करता है।

संजय : तुम तो खामखाह बिगड़ती हो दीपा! कॉफी के बाद चलो, इण्डिया गेट घूमेंगे। बहुत-सी बातें करनी हैं तुमसे।

[दीपा दूर कहीं देख रही है, जैसे संजय के साथ ही न हो।]

दृश्य 6

दिन : कॉफी हाउस

[भीड़भाड़ से भरा कॉफी हाउस। वेटर दीपा और संजय के पास आता है।]

संजय : दो कॉफी और···(दीपा से) और क्या खाओगी?

दीपा : (वेटर से) पकौड़ा ले आना।

[वेटर जाता है।]

संजय : देखो दीपा, बात-बात पर इतना न तुनका करो। तुम ही तो हो एक जो मेरी अच्छाइयों और बुराइयों को एकसाथ···

दीपा : अच्छाइयां और तुममें?

संजय : ठीक है, ले बाबा, हम तुम्हारे सबसे बड़े दुश्मन हैं, लेकिन हैं तो तुम्हारे ही। अच्छा, चलो गोली मारो हमें। तुम्हारी बात करते हैं, थीसिस कैसी लिखी जा रही है?

दीपा : आधा वक्त तो तुम्हारे इंतज़ार में ही बर्बाद हो जाता है। पढ़ने-लिखने का वक्त ही कहां है!

[वेटर कॉफी और पकौड़े लाकर रख जाता है।]

संजय : (हंसता है) क्या करोगी इतनी पढ़ाई-लिखाई का! फर्स्ट क्लास में एम. ए. क्या कम है? मैं तो सिर्फ बी. ए. ही हूं। वह भी सेकण्ड क्लास। कहीं तुम्हें डाक्टरेट मिल गई तो तकलीफ हो जाएगी।

दीपा : (पकौड़ा लेती है) कैसी तकलीफ?

संजय : भई शादी तो पिताजी की मर्ज़ी से ही करनी है। एम. ए. पास लड़की तक तो लगता है, पिताजी को पटा लूंगा। पी-एच. डी. हो गईं तो बस छुट्टी। पिताजी इतनी बेमेल शादी को राज़ी नहीं होंगे—लड़का बी. ए., लड़की

पी-एच. डी.।

दीपा : तुम्हारा इसी तरह का आशीर्वाद रहा तो शायद थीसिस कभी पूरी नहीं होगी।

[संजय हंस पड़ता है।]

संजय : अरे नहीं-नहीं ''तुम एक क्या दस थीसिस लिखो, हमें क्या! मैं तो सिर्फ यही कह रहा था कि शादी के बाद हमारे जो छः बच्चे होंगे, उनकी परवरिश मैं नहीं करने वाला!

[दीपा हंस पड़ती है। संजय भी हंसता हुआ कॉफी पीता है। दो-तीन टेबल दूर संजय के दो आफिस के दोस्त कॉफी पी रहे हैं। दोनों दूर से संजय और दीपा को हंसते हुए देखते हैं।]

एक : संजय में एक बात अच्छी है। जब से देख रहा हूं, सिर्फ एक ही लड़की से चिपका हुआ है।

दूसरा : बात बिलकुल उलटी है। लड़की ही लगी हुई है संजय से। ऐसी पढ़ी-लिखी और खूबसूरत लड़की चाहे तो संजय से कहीं अच्छे लड़कों की लाइन लगवा दे।

एक : अपना संजय भी कोई बुरा है क्या? मुझे तो लगता है, अगला प्रोमोशन संजय को ही मिलने वाला है।

[एक तीसरा दोस्त भी इनमें शामिल होता है।]

तीसरा : क्यों भई, क्या हो रहा है?

एक : मैं कह रहा था, संजय तो अफसर बन गया समझो। वो देख, बैठा है वहां।

[तीसरा संजय की तरफ देखता है और वहीं से पुकारता है।]

तीसरा : हलो संजय!

[संजय इधर देखता है और हाथ हिलाता है।]

संजय : (दीपा से) मैं अभी आया।

[संजय उठकर दोस्तों की तरफ जाता है।]

तीसरा : यार, अब तो पार्टी होनी चाहिए। तुझे प्रोमोशन मिल रहा है।

संजय : मिल गया प्रोमोशन! हमारे सी. ओ. साले को तो जानता है। प्रोमोशन मिल रहा है रंगनाथन को। सीधी-सी बात है यार, एक मद्रासी दूसरे मद्रासी को उठाएगा।

एक : लेकिन हमारे डिप्टी डायरेक्टर तो तेरी तरफ के हैं, तुझे जानते भी हैं।

संजय : अरे तू हमारे आदमियों को नहीं जानता। मर जाएंगे लेकिन अपने आदमियों की कभी मदद नहीं करेंगे।

[दीपा अकेली बैठी कॉफी पी रही है। संजय की तरफ देखती है। संजय अपने दोस्तों में बिलकुल व्यस्त है। खूब बातें कर रहा है। दीपा में झुंझलाहट फिर आ जाती है। संजय

दोस्तों के साथ···]

संजय : और यह भी कोई बात हुई कि सारे स्टाफ का तो डी. ए. बढ़ गया, लेकिन हमारा नहीं··· क्योंकि हम सुपरवाइज़री स्टाफ हैं। जैसे हमें रुपयों की ज़रूरत ही नहीं। मैंने तो अपनी यूनियन की मीटिंग में कह दिया है—नो डी. ए. नो वर्क। (महंगाई भत्ता नहीं तो काम भी नहीं।)

दूसरा : हमारी यूनियन तो बेकार है।

[दीपा चुपचाप बैठी संजय को देख रही है। एक वेटर नज़दीक से गुज़रता है। दीपा उसे बुलाती है।]

पहला : मुझे तो लगता है, यूनियन बोर्ड ऑफ डायरेक्टर्स से मिली हुई है। देखा नहीं, कैसे हाउस-रेण्ट के बने-बनाए केस को बिगाड़ दिया!

संजय : इस बार इलेक्शन में कुछ करना पड़ेगा। कम तो सेक्रेटरी सबके सामने हंस-हंसकर मैनेजिंग डायरेक्टर से बातें कर रहा था।

[वेटर कॉफी का कप संजय के सामने रखता है। संजय घूमकर दीपा की तरफ देख-कर मुस्कराता है। खड़ा हो जाता है और एक ही सांस में कॉफी पी जाता है।]

संजय : मैं एक यूनियन की एक्स्ट्रा आरडिनेरी मीटिंग (असाधारण बैठक) बुलाता हूं। हाउस-रेण्ट और डी. ए. के मामले को फिर से उठाते

हैं। समझ क्या रखा है?

[दीपा कॉफी के पैसे दे देती है। वेटर पैसे और खाली कप-प्लेट ले जाता है। दीपा घड़ी में टाइम देखती है। फिर संजय की तरफ देखती है। संजय बैठ जाता है।]

संजय : सी. ओ. के खिलाफ दो-चार पोस्टर और इश्तिहार भी दीवारों पर लगवाने हैं।

पहला : संजय, वह तेरी गर्ल फ्रेंड इधर ही आ रही हो।

[संजय मुड़कर देखता है। दीपा संजय के पास आकर खड़ी हो जाती है। संजय भी खड़ा हो जाता है।]

संजय : दीपा, ये मेरे आफिस के कोलीग (सहयोगी) हैं—सुरेश। (सुरेश से) सुरेश, कुछ ज़्यादा ही सोच में पड़ गए लगते हो। ऐसी कोई बात नहीं है। मेरी और दीपा की शायद इसी साल शादी होने वाली है।

सुरेश : लेकिन इस शादी की धमकी तो तुम साल-भर से दे रहे हो।

संजय : भई इस मामले में मैं शॉ का फालोअर (अनुयायी) हूं। शॉ का कहना है कि औरत को चाहिए कि जितनी जल्दी हो, शादी कर ले और आदमी को चाहिए कि जितनी देर से कर सके, करे।

[दोनों हंसते हैं। दीपा संजय की तरफ देखती है। उसे मज़ाक अच्छा नहीं लगता।]

दीपा (विद्या सिन्हा) और संजय (अमोल पालेकर) के प्यार का प्रारम्भ

दीपा और संजय का प्यार परिपूर्ति की राह पर

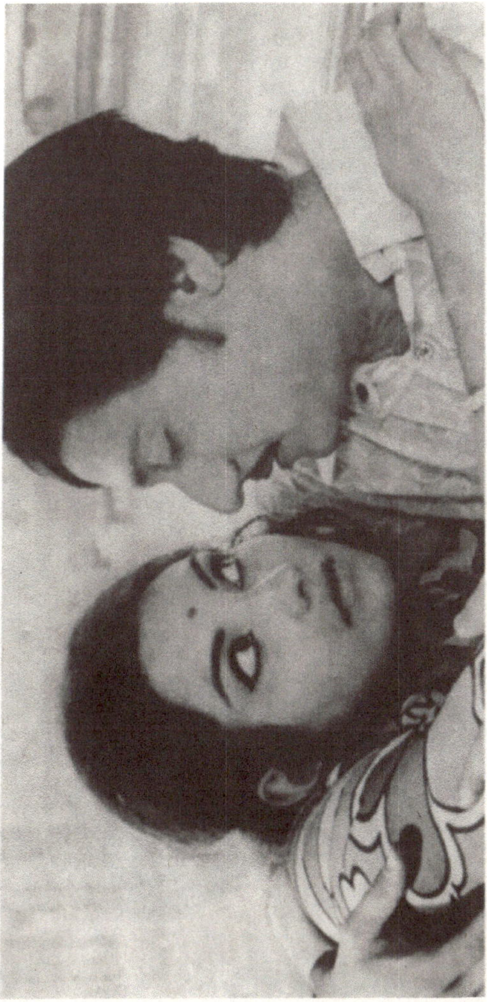

दीपा और संजय प्यार की परितृप्ति के क्षणों में

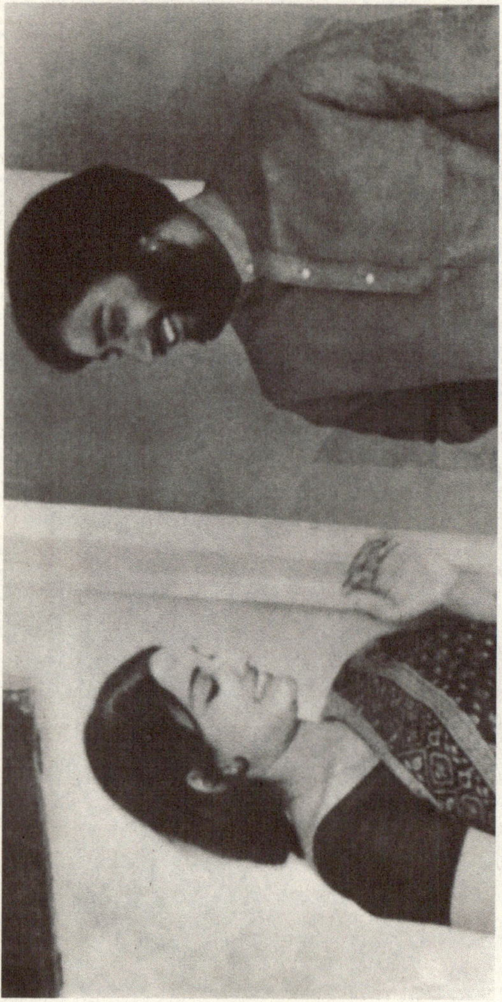

··परन्तु वर्षों बाद फिर मिल गया पहला खोया हुआ प्यार—दीपा और नवीन (दिनेश ठाकुर) अचानक मिल गए सम्पर्क में···

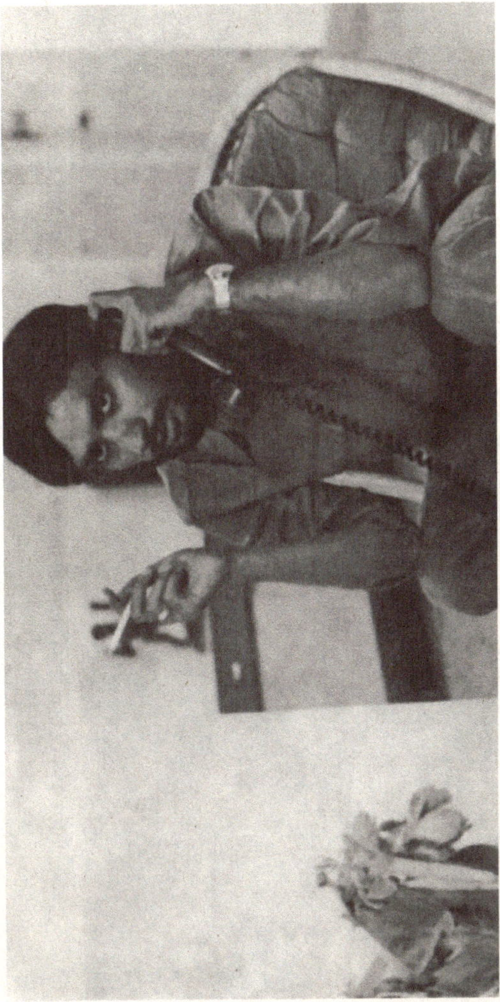

नवीन बम्बई में दीपा की नौकरी के लिए कोशिश कर रहा है।

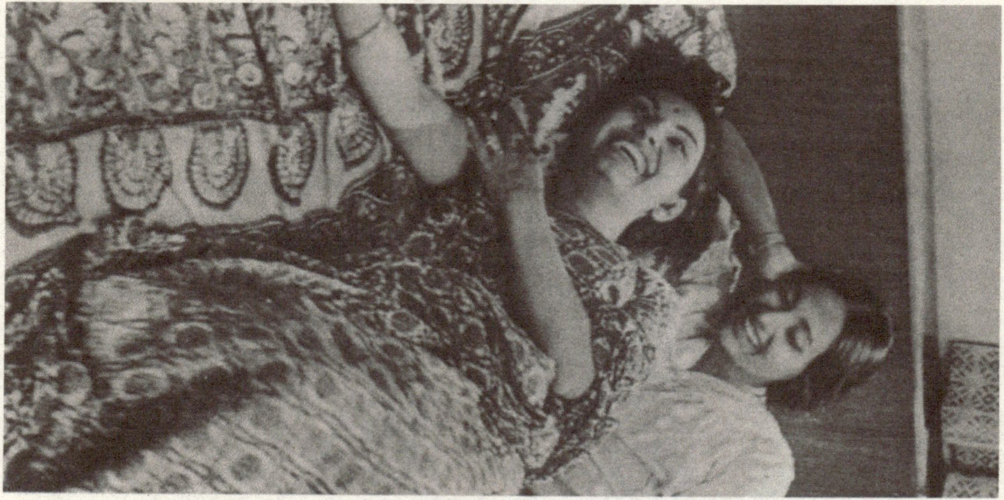

प्रेमरस में विभोर दीपा अपनी विवाहिता सहेली ईरा (रजिता ठाकुर) के साथ हंसती-बतियाती हुई

दीपा ओर नवीन का पुराना सोया प्यार पूरी तरह जाग उठा।

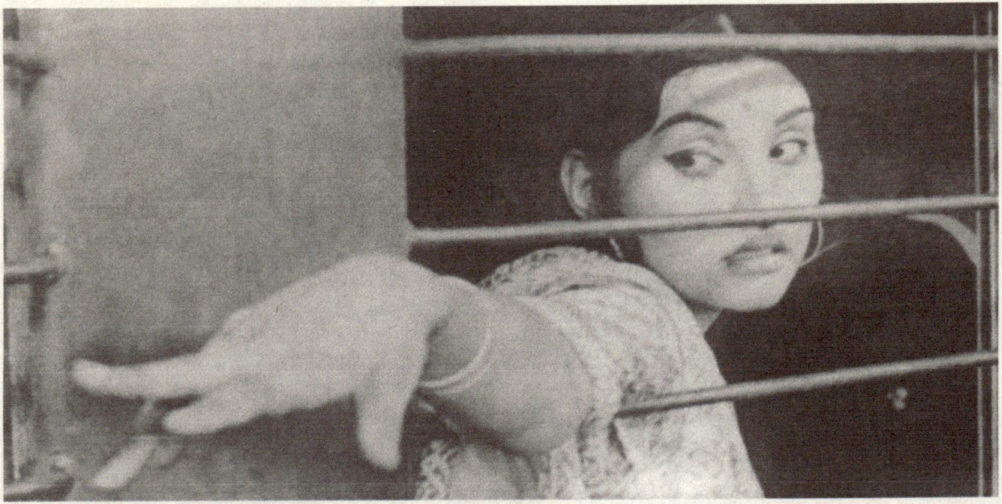

उलझन-भरी प्यार की जकड़ लिए बम्बई छोड़कर दिल्ली लौटती हुई दीपा का दिल जैसे पीछे ही छूटा जा रहा हो।

संजय : (दीपा से) मैं तो इस प्रोमोशन के इंतज़ार में हूं। अगर यह प्रोमोशन मुझे आज मिल जाए तो कल शादी कर लें।

[दीपा शरमा जाती है।]

संजय : (सुरेश से) अच्छा भई चलता हूं। कल मिलेंगे ऑफिस में। कल मैं मेमोरेण्डम तैयार कर लूंगा। हमें यह लड़ाई जारी रखनी पड़ेगी।

दृश्य 7

दिन : नई दिल्ली की एक सुनसान सड़क

[घने पेड़ों की छाया। संजय और दीपा पास-पास टहल रहे हैं।]

संजय : कभी-कभी तो ऐसा गुस्सा आता है दीपा कि क्या बताऊँ! फिर सोचता हूं, क्या होगा गुस्सा करके! साली नौकरी ही बेकार है। इस बार तो तय कर लिया है कि इस्तीफा दे ही दूंगा···

दीपा : कल कहां मिलेंगे हम लोग?

संजय : रो-धोकर एक मौका आया है प्रोमोशन का, तो यह रंगनाथन आ टपका बीच में।

दीपा : कल मिल कहां रहे हैं?

संजय : कहीं भी।···सब जानते हैं, रंगनाथन मुझसे दो महीने जूनियर है, लेकिन रंगनाथन भी क्या करे, ये हमारा चीफ ही साली कम्यूनल (साम्प्रदायिक) है···

दीपा : लेकिन किस जगह मिलेंगे? कोई जगह भी तो हो?

संजय : कॉफी हाउस ही सही। लेकिन इस बार मैंने भी ठान ली है—इस पार या उस पार। चीफ होगा अपने घर का, दफ्तर के कानून-कायदे है···

दीपा : कॉफी हाउस नहीं।

[दीपा खड़ी हो जाती है।]

दीपा : और भाड़ में जाए तुम्हारा चीफ।

[संजय भी खड़ा हो जाता है और दीपा की तरफ देखता है। वह हंस पड़ता है। वह हंसता हुआ दीपा का हाथ पकड़कर आगे खींचता है। दीपा झटके से हाथ छुड़ा लेती है। दोनों चल पड़ते हैं।]

संजय : सॉरी दीपा! कभी-कभी मैं अपने ही खयालों में बह जाता हूं। असल में किसी भी तरह का अन्याय, बेइंसाफी बिलकुल बर्दाश्त नहीं कर सकता।

दीपा : हां, मुझे घण्टों कॉफी हाउस में अकेला छोड़-कर दोस्तों में मस्त हो जाते हो और इधर कहते हो, मैं अन्याय बिलकुल बर्दाश्त नहीं कर सकता।

[संजय हंसता है।]

संजय : अच्छा भई, हम हारे, बस! क्या पूछ रही थीं तुम?

दीपा : पूछ रही थी, रंगनाथन का प्रोमोशन कब होगा?

संजय : रंगनाथन···

[संजय हंस पड़ता है।]

संजय : मज़ाक छोड़ो दीपा!

दीपा : क्या करें···हमें और कोई मिला ही नहीं मज़ाक करने को···

[संजय दीपा की तरफ देखता है, मुस्कराता हुआ चुपचाप आगे बढ़ता रहता है। दोनों एक बस स्टाप पर आते हैं।]

दीपा : मैं यहीं से पकड़ूंगी बस।

[दोनों क्यू में खड़े हो जाते हैं।]

संजय : कल कहां मिलोगी?

[संजय को यकायक कुछ याद आ जाता हैं।]

संजय : अरे हां, यही तो पूछ रही थीं तुम!

दीपा : चलो कुछ याद तो आया।

संजय : चलो कल यहीं मिलते हैं, इसी बस स्टाप पर। इण्डिया गेट घूमेंगे।

दीपा : मेरे घर क्यों नहीं आते?

संजय : तुम्हारे घर? नहीं, वहां नहीं। तुम्हारी भाभी हमेशा तंग करती रहती है।

दीपा : भैया-भाभी आज पटना चले गए। भाभी की बहन की शादी है।

संजय : तुम अकेली हो घर में?

दीपा : अकेली क्यों? बहादुर जो है। फिर पास वाले फ्लैट में मेहता आण्टी हैं—दिन-भर चैन ही नहीं लेने देतीं।

संजय : ठीक है, फिर तुम्हारे घर ही आता हूं कल।

दीपा : कितने बजे?

संजय : कितने बजे!···पांच बजे छुट्टी···फिर··· बस में···नहीं-नहीं, स्कूटर···मैं छः बजे आ जाऊंगा।

दीपा : पक्का?

संजय : (हंस पड़ता है) बस, दस मिनट इधर या उधर।

दीपा : नहीं-नहीं···छः बजे आ जाओ। देर मत करना। चाय पिएंगे इकट्ठे। कुछ ज़रूरी बातें भी करनी हैं तुमसे···

संजय : क्या?

[एक बस आ जाती है। संजय दीपा का हाथ दबा देता है। दीपा 'कल बताऊंगी' कहती हुई जल्दी से बस में चढ़ जाती है और एक खिड़की के पास बैठ जाती है। खिड़की से संजय को देखती है। संजय मुस्कराता है।]

संजय : छः बजे।

[बस चल पड़ती है। दीपा देखती रहती है। बस चली जाती है।]

दृश्य 8

दिन : दिल्ली : आफिस के बाहर

[संजय और उसके दोस्त खड़े हैं। छः बजे हैं। चारों दोस्त किसी बहस में व्यस्त है।]

दृश्य 9

बालकनी : दिल्ली

[दीपा बालकनी में खड़ी रास्ते की तरफ देख रही है। कंधे पर बस्ते लटकाए बच्चों के झुण्ड रास्ते पर दिखाई देते हैं। दीपा अन्य-मनस्क है। वह रेलिंग पर टिककर फिर रास्ते की ओर देखती है। एक स्कूटर तेज़ी से निकल जाता है।]

दृश्य 10

दिन : ड्राइंगरूम : दिल्ली

[दीपा ड्राइंगरूम में आती है। घड़ी की तरफ देखती है। साढ़े छः बजे हैं। कोने में रखी मेज़ पर किताबें बिखरी पड़ी हैं। दो-चार किताबों को तरतीब से रखती है। फिर सब कुछ छोड़ देती है और सोफे पर धड़ाम से बैठ

जाती है। घड़ी की तरफ देखती है। फिर भुंभलाहट से खड़ी हो जाती है। बहादुर चाय की ट्रे लेकर आता है।]

दीपा : अरे, चाय क्यों ले आया इतनी जल्दी?

बहादुर : आपने कहा था, छः बजे चाय चाहिए।

दीपा : अभी नहीं··· मैं बुलाऊंगी तुझे।

[बहादुर चला जाता है। दीपा एक किताब लेकर फिर सोफे पर बैठती है। कुछ पढ़ने की कोशिश करती है। किताब एक तरफ रख देती है। दरवाज़े की तरफ देखती है। दरवाज़े पर पर्दा है। घड़ी की तरफ देखती है। छः चालीस। बैठी हुई बड़बड़ाती है—अभी तक साहब के छः नहीं बजे–फिर यकायक मुड़कर दरवाज़े की तरफ देखती है···पर्दा हिल उठता है··· छः साल की बंटी कमरे में आती है।]

बंटी : आण्टी, हमें कहानी सुनाओगी?

दीपा : नहीं, अभी नहीं···पीछे आना···

बंटी : ममी ने यहां भेजा···कहा, आण्टी कहानी सुनाएगी।

[दीपा खड़ी हो जाती है। कुछ रुखाई से जवाब देती है।]

दीपा : अभी मुझे काम है। जा, कह दे ममी से···

[दीपा एक तरह से बंटी को धकेलकर बाहर करती है। बंटी वापस चली जाती है। दीपा बालकनी की तरफ जाती है।]

दृश्य 11

दिन : बालकनी : दिल्ली

[बालकनी में आकर दीपा फिर रास्ते की तरफ देखती है। दूर से एक स्कूटर नज़दीक आता नज़र आता है। दीपा झट से कमरे के अन्दर चली जाती है।]

दृश्य 12

बिल्डिंग के सामने

[संजय स्कूटर वाले को पैसे देकर सीढ़ी की तरफ लपकता है। उसके हाथ में रजनीगंधा का एक गुलदस्ता है। एक जगह झट से खड़ा होकर अपनी रिस्टवाच की सुई घुमाता है। घड़ी की सुई छः पचास से छः पर आ जाती है।]

दृश्य 13

दीपा का ड्राइंगरूम

[दरवाजे की तरफ कुछ पीठ किए हुए दीपा किताब लिए पढ़ने की कोशिश कर रही है। पर्दा हटता है और आवाज़ करता हुआ, हाथ में रजनीगंधा लिए, संजय अन्दर आता

है। दीपा मुड़कर देखती भी नहीं। संजय किवाड़ की चटखनी लगा देता है। दीपा किताब पढ़ रही है। रजनीगंधा का गुलदस्ता उसके मुंह और किताब के बीच में आता है। वह मुड़कर देखती है। संजय फूल टेबल पर रखता है। दोनों हाथों से दीपा के कंधे पकड़ता है।]

संजय : बहुत नाराज़ हो?

दीपा : मुझे क्या करना है नाराज़ होकर!

[संजय घूमकर सामने आता है। घड़ी दिखाता है।]

संजय : देखो, छः बजे हैं।

[दीपा देखती भी नहीं। संजय वहीं कुर्सी के हैण्डल पर बैठ जाता है। बड़े दुलार से ठोड़ी उठाता है।]

संजय : तुम्हीं बताओ, क्या करता? आफिस के बाद दोस्तों में फंस गया। शायद स्ट्राइक करनी पड़े। बहुत कोशिश की उठकर आने की··· लेकिन···सबको नाराज़ करके आना भी तो अच्छा नहीं लगता··

[दीपा उठ खड़ी होती है।]

दीपा: बहादुर, चाय ले आओ।

[दीपा दूसरी कुर्सी पर जाकर बैठ जाती है। संजय मुस्कराता है और दीपा के पास जाकर ज़मीन पर बैठ जाता है। अपना सिर उसकी गोदी पर रखता है।]

संजय : ठीक है, हो जाओ नाराज, मैं तो खराब हूं ही।

[दीपा उसकी तरफ देखती है। उसके घने बालों में अपनी उंगलियां घुसाकर सहलाती है।]

दीपा : अब उठकर कुर्सी पर बैठो। बहादुर अभी चाय लेकर आता ही होगा। हमेशा देर से आने की कसम खा रखी है क्या?

[संजय खुश होकर दीपा की तरफ देखता है। दीपा भी। संजय के चेहरे पर पसीने की बूंदें हैं। दीपा आंचल से उसका चेहरा पोंछ देती है। संजय तपाक से उठ खड़ा होता है। रजनीगंधा के फूल फूलदानी में लगाता है। पुराने फूलों को हटाकर नज़दीक ही रख देता है। बहादुर चाय की ट्रे लेकर आता है और टेबल पर रखता है। तभी दरवाजे पर खट्-खट् की आवाज़ होती है। बहादुर दरवाज़ा खोलता है। मिसेज़ मेहता अपनी छोटी बच्ची बंटी के साथ अन्दर आती हैं। बंटी पीछे-पीछे है। मिसेज़ मेहता के हाथ में एक कप है। संजय को देखकर मिसेज़ मेहता कुछ सकपका जाती हैं···फिर भी अपने-आपको संभाल लेती हैं।]

मिसेज़ मेहता : मेरे यहां शक्कर खत्म हो गई दीपा!

दीपा : हां-हां, बहादुर—ले, इस कप में शक्कर तो ले आ।

[बहादुर कप लेकर अन्दर चला जाता

है।]

दीपा : आप बैठिए न! हमारे साथ ही चाय पीजिए आज···

मिसेज मेहता : नहीं-नहीं, बंटी के डैडी अभी आते होंगे आफिस से···और फिर···

[मिसेज़ मेहता एक मतलबभरी हंसी हंसती हैं। बहादुर शक्कर का कप लाकर देता है।]

मिसेज मेहता : इतवार को वापस कर दूंगी।···हूं···चल बंटी!

[मिसेज़ मेहता मुस्कराती हुई चली जाती हैं। बहादुर किवाड़ बन्द कर देता है। संजय और दीपा हंस पड़ते हैं। दीपा चाय बनाती है।]

दीपा : कभी भी किसी चीज़ की ज़रूरत हो तो मिसेज़ मेहता को झट से हमारी याद आ जाती है।

संजय : ठीक ही तो है, तुम क्या चाहोगी हमेशा यहीं बैठी रहें?

दीपा : ना बाबा, ना··· मैं तो फिर घर ही नहीं रहूंगी। एक और खासियत है मिसेज़ मेहता की···

[दीपा संजय को कप देती है। कप लेते-लेते संजय जिज्ञासासूचक दृष्टि से दीपा की तरफ देखता है।]

दीपा : जब देखा बंटी की ज़रूरत घर पर नहीं है, तो

फौरन यहां भेज देती हैं···

[संजय हंसता है।]

संजय : बुराई तो कर रही हो···मान लो, तुम्हारी चाय की दावत वह मान लेतीं और यहीं जम जातीं, फिर..?

दीपा : (चाय पीती है) ओह, नो!

संजय : तुम्हारे भैया वापस कब आ रहे हैं?

दीपा : मालूम नहीं···दस-पन्द्रह दिन तो लग ही जाएंगे···कलकत्ते गए तो और देर होगी।

संजय : फिर तो उन्हें कलकत्ते जाना ही चाहिए। मैं ज़रा कुछ दिन बेफिक्री से तो आ सकूं यहां!

दीपा : तुम्हें यहां आने से रोकता कौन है?

संजय : यह बात नहीं···

[चाय का आखिरी घूंट पीकर, कप टेबल पर रख संजय खड़ा हो जाता है और दीपा के गालों पर हाथ फेरता है।]

संजय : लेकिन उनके और भाभी के रहते यह बेफिक्री कहां!

[दीपा भी अपना कप रखकर खड़ी हो जाती है।]

दीपा : चलो, बालकनी में चलते हैं।

[दीपा बालकनी की तरफ चल देती है। संजय जेब से सिगरेट का पैकेट निकालता है।]

दृश्य 14

शाम : छत

[दीपा और संजय छत पर खड़े चुपचाप बाहर की तरफ देख रहे हैं। संजय सिगरेट पी रहा है। दोनों छत की मुंडेर पर झुके हुए हैं। दीपा सीधी खड़ी हो जाती है और संजय की तरफ देखती है। संजय इतमीनान से सिगरेट पी रही है।]

दीपा : तुम्हें मुझसे कुछ पूछना नहीं है।]

[संजय सीधा खड़ा हो जाता है।]

संजय : मुझे?···क्या पूछना है?

दीपा : मैं क्यों बताऊँ?

[संजय सोचता है।]

संजय : क्या पूछना है···उं···वह···हम दोनों की शादी वाली बात तो नहीं है?

दीपा : वह तो मुझे मालूम है तुम कभी नहीं पूछने वाले।

संजय : वह सब वक्त आने पर होगा···बताओ न, क्या बात है?

दीपा : कल रात आते वक्त नहीं कहा था मैंने, एक ज़रूरी बात करनी है?

संजय : ओ यस···हां-हां···क्या बात है?

दीपा : यह तो तुम्हें आते ही मुझसे पूछना चाहिए था वह ज़रूरी बात क्या है! मैं अपने-आप क्यों

बताऊं?

[संजय हंस पड़ता है।]

संजय : ओ. के., चलो हम ही पूछ लेते हैं। बताओ, कौन-सी आफत आ गई?

[दीपा तुनककर छत से नीचे उतरकर ड्राइंगरूम में चली जाती है। संजय मुस्कराता है।]

दृश्य 15

ड्राइंगरूम

[दीपा ड्राइंगरूम के सोफे पर बैठ जाती है। संजय भी नज़दीक आ जाता है।]

संजय : अब पूछ तो रहे हैं—बतातीं क्यों नहीं?

दीपा : तुम्हें तो कोई दिलचस्पी ही नहीं है।

संजय : है क्यों नहीं, बताओ!

दीपा : मुझे शायद एक कालेज में लेक्चरार की नौकरी मिल रही है।

[संजय का उत्साह ठण्डा हो जाता है। वह भी नज़दीक ही एक सोफे पर बैठ जाता है।]

संजय : खोदा पहाड़, निकला चूहा।

दीपा : क्या?

संजय : किस कालेज में?

दीपा : सोफिया कालेज।

संजय : ऐसा कोई कालेज दिल्ली में नहीं है।

दीपा : मुझे मालूम है। यह कालेज बम्बई में है।

[संजय को आश्चर्य होता है।]

संजय : क्या कह रही हो?

दीपा : ठीक ही कह रही हूं। नौकरी बम्बई की ही है।

संजय : तुम मुझे बना रही हो।

दीपा : (मुस्कराकर) मैं चिट्ठी दिखाती हूं।

[दीपा खड़ी हो जाती है। संजय भी खुशी से खड़ा हो जाता है।]

संजय : चलो दीपा! निज़ामुद्दीन तक घूम आते हैं।

दृश्य 16

शाम : निज़ामुद्दीन

[किसी सुनसान जगह पर दीपा और संजय बैठे हैं। संजय के हाथ में एक चिट्ठी है। वह दीपा को चिट्ठी वापस करता है।]

संजय : यह ईरा कौन है?

दीपा : मेरी एक सहेली है—इण्टर तक दोनों साथ-साथ पढ़ते थे। इम्तिहान के बाद ही उसकी शादी हो गई। अब बम्बई में है।

संजय : इसमें तो लिखा है, इण्टरव्यू का कॉल जल्द आ जाएगा, नौकरी कहां मिली?

दीपा : तुम उसको नहीं जानते, बड़ी तेज़ है···इण्टरव्यू हो जाने दो···बस···

[संजय खुशी से खड़ा हो जाता है।]

संजय : अगर तुम्हें यह नौकरी मिल जाए तो मज़ा आ जाए दीपा! फिर प्रोमोशन जाए भाड़ में। मैं भी अपना तबादला बम्बई करवा लेता हूं, हेड आफिस में। यहां की रोज़-रोज़ की किच-किच से तो तंग आ गया हूं। कितनी ही बार सोचा, कहीं तबादला करवा लूं। पिछली बार तो बम्बई तबादले का ऑफर भी आया था··· लेकिन मैं अकेला बम्बई में···और तुम···मेरी शामें कैसे कटेंगी?

[दीपा के चेहरे पर खुशी छा जाती है। वह शरमाकर अपना सर नीचा कर लेती है। पास ही किसी जंगली फूल पर एक तितली मंडराती नज़र आती है···दीपा एक फूल तोड़ लेती है। संजय उसकी तरफ एकटक देखता रहता है। दीपा एक बार देखती है। उसकी तरफ—नज़र नहीं मिला पाती—फिर फूल सूंघती है।]

संजय : इस बार प्रॉमिस, अगर दोनों बम्बई चले गए तो शादी कर लेंगे। अच्छा···शादी यहीं करें दिल्ली में या बम्बई पहुंचकर?

दीपा : (हंस पड़ती है) पहले मिल तो जाने दो नौकरी।

संजय : दिल्ली में ही करेंगे शादी। बम्बई में कौन आएगा! और ज़्यादा खर्चा नहीं करेंगे शादी

में। बम्बई, सुना काफी महंगा है—रुपयों की ज़रूरत पड़ेगी। वैसे तुम अपने रुपये अलग ही रखना—घर मैं अपने रुपये से ही चलाऊंगा··· क्यों, ठीक है न?

[दीपा संजय की तरफ देखकर फिर हंसती है।]

दीपा : तुम्हारे सी. ओ. के क्या हाल हैं? और जो स्ट्राइक होने वाली थी आफिस में?

[संजय भी हंस पड़ता है।]

दृश्य 17

शाम : रास्ता

[दीपा और संजय रास्ते पर टहलते हुए दिखते हैं।]

दीपा : मुझे तो सचमुच बहुत डर लग रहा है। पता नहीं क्या-क्या पूछेंगे इण्टरव्यू में! इण्टरव्यू में नर्वस हो गई तो?

[संजय हंस पड़ता है।]

संजय : तुम भी एक बुद्धू हो! यहां दिल्ली जैसी जगह में अकेली घूमती-फिरती हो—रिसर्च कर रही हो और फिर आजकल तो अकेली रह भी रही हो और इण्टरव्यू के नाम से डर लगता है!

दीपा : पता नहीं···मेरा तो पहला ही मौका है···क्या पूछते हैं इण्टरव्यू में?

संजय : पूछते हैं कि अक्ल बड़ी कि भैंस।

[दीपा हंसती है।]

संजय : अरे, यह इण्टरव्यू-विण्टरव्यू सब दिखावा है। हमारे दफ्तर में ही देखो न! इण्टरव्यू मेरा फर्स्टक्लास हुआ है, लेकिन मुझे मालूम है प्रोमोशन साले रंगनाथन को ही मिलने वाला है। बम्बई पहुंचकर किसी जान-पहचान वाले से इन्फ्लुएंस (प्रभाव) डलवाना। बस, काम बन जाएगा।

दीपा : बम्बई तो मेरे लिए एकदम नई जगह है। वहां ईरा को छोड़कर और किसीको तो जानती भी नहीं। तुम्हारी है कोई जान-पहचान?

संजय : अरे, हमारे आफिस वाले सब बेकार हैं। सब साले अपनी-अपनी गाते फिरते हैं। अभी तो कह रही थीं ईरा बड़ी तेज़ है, सब कर देगी।

दीपा। : है तो तेज़, लेकिन...

[संजय को कुछ सूझता है।]

संजय : अच्छा, सचमुच ईरा के अलावा बम्बई में किसीको नहीं जानतीं?

[दीपा संजय की तरफ देखती है। संजय मुस्करा रहा है।]

संजय : नवीन भी तो है वहां।

[दीपा झटके से दूसरी तरफ देखने लगती है और भन्ना पड़ती है।]

दीपा : होगा, मुझे क्या करना है उससे?

[संजय छेड़ने के लहजे में पूछता है।]

संजय : कुछ नहीं करना?

दीपा : देखो संजय, मैं हज़ार बार तुमसे कह चुकी हूं कि उसे लेकर मुझसे मज़ाक मत किया करो। इस तरह का मज़ाक मुझे ज़रा भी पसन्द नहीं है।

[संजय खिलखिलाकर हंस पड़ता है।]

संजय : तुम तो मज़ाक भी नहीं समझतीं, फौरन सीरियस हो जाती हो।

[संजय खुश करने के इरादे से दीपा के कंधे पर हाथ रख देता है। दीपा झटककर हाथ हटा देती है।]

दीपा : क्या कर रहे हो, कोई देख लेगा तो क्या कहेगा?।

संजय : कौन है यहां जो देख लेगा? और देख लेगा तो देखने दो, आप ही कुढ़ेगा।

दीपा : नहीं, हमें पसन्द नहीं यह सब बेशर्मी।

[दीपा कुछ तेज़ चलने लगती है। संजय मुस्कराता हुआ चलता है।]

दृश्य 18

रात : ड्राइंगरूम

[संजय रजनीगंधा की एक कली तोड़ता है और दीपा के बालों में लगा देता है। दीपा

घूमती है। दोनों एक-दूसरे की तरफ कुछ क्षण देखते हैं। दीपा यकायक संजय से लिपट जाती है। संजय भी उसे छाती से लगा लेता है।]

संजय : अब मुझे जाना चाहिए दीपा!

दीपा : रुको न थोड़ी देर और।

संजय : नहीं दीपा, काफी देर हो गई है।

दीपा : फिर चले जाना।

[संजय दीपा को छाती से हटाता है। उसके दोनों कंधों पर हाथ रखकर मुस्कराता है।]

संजय : कल शाम को आऊंगा दीपा, यहीं—हूं—

दीपा : आ जाना छः बजे तक। तुम नहीं आते हो तो इतना बुरा लगता है···

बैकग्राउंड (पार्श्व) में गीत

कई बार यूं भी देखा है
ये जो मन की सीमा-रेखा है
मन तोड़ने लगता है
अनजानी प्यास के पीछे
अनजानी आस के पीछे
मन दौड़ने लगता है

राहों में—राहों में—
जीवन की राहों में

दो खिले हैं फूल—
फूल मुस्कराके
कौन सा फूल चुराके—
रख लूं मन में सजाके

जानूं ना—जानूं ना
उलझन ये जानूं ना
सुलझाऊं कैसे—
कुछ समझ ना पाऊं
किसको मीत बनाऊं—
किसकी प्रीत भुलाऊ

[संजय हंसकर दीपा को सीने से लगा लेता है। दीपा की ठोड़ी पकड़कर ऊपर उठाता है। चुम्बन भी लेता है।

संजय : पगली···अभी गुस्सा···अभी प्यार···

दृश्य 19

रात : रास्ता

[एक स्कूटर कुछ दूर चलकर खड़ा हो जाता है। संजय आकर उसमें बैठता है। बैठने से पहले ऊपर हाथ हिलाता है। स्कूटर चलता है, फिर अदृश्य हो जाता है।]

दृश्य 20

रात : बालकनी

[बालकनी में दीपा खड़ी है। वह भी धीरे से हाथ हिलाती है। स्कूटर के जाने की आवाज़ होती रहती है। दीपा वहीं खड़ी रहती है और रास्ते की ओर देखती रहती है।

दृश्य 21

रात : ड्राइंगरूम

[दीपा कमरे में आती है। अनमनी-सी फूलों के पास जाकर गुलदस्ते को सुंघती है, फिर गालों पर लगाती है। फूलों को वापस फूलदान में रख देती है। एक किताब लेकर सोफे पर बैठती है। मुस्कराती है। यकायक दरवाज़े की तरफ देखती है। बंटी कमरे के अन्दर आता है।]

बंटी : आण्टी, हमें अब कहानी सुनोगी?

[किताब रखकर दीपा दौड़कर बंटी को गोदी में उठा लेती है।]

दीपा : ज़रूर सुनाऊंगी बंटी! कौन-सी कहानी सुनेगा?

[दीपा बंटी के ढेर सारे चुम्बन लेती है।]

दृश्य 22

रात : बेडरूम

[बेडरूम में एक टेबल पर दीपा गुलदस्ता रखती है। फिर बिस्तर पर लेट जाती है। उसकी आंखों के सामने रजनीगंधा का गुल-दस्ता है। वह उसीकी तरफ देखती रहती है। देखते ही देखते उसे लगता है जैसे गुलदस्ते की जगह संजय गुलदस्ता लिए खड़ा मुस्करा रहा है। दीपा भी मुस्कराती है। संजय दोनों हाथ बढ़ाकर उसे बुलाता है। दीपा शरमा जाती है···नज़रें झुका लेती है···फिर देखती है··· गुलदस्ता वहीं रखा है।···फिर दीपा सो जाती है।]

दृश्य 23

दिन : संजय का दफ्तर

[संजय एक स्टेनोग्राफर को कुछ लिखा रहा है। टेबल पर फाइलें, टेलीफोन इत्यादि है।]

संजय : इन द इवेण्ट ऑफ फर्दर डिले इन इम्प्लीमेंटिंग द सैक्शण्ड प्राजेक्ट, इट इज़ रिग्रेटेड दैट··· दैट इट विल नाट बी पासिबल टु ग्राण्ट एनी फर्दर एक्स्टेंशन टु द··टु द यूटिलाइज़ेशन

ऑफ द ग्राण्ट एण्ड द एमाउण्ट सैंक्शण्ड विल बि रिवर्टेड···नहीं, द एमाउण्ट सैंक्शण्ड विल आटोमैटिकली लैप्स वाइड टर्म 6 ऑफ द एग्रीमेण्ट। (प्लीज़ कोट द टर्म) [स्वीकृत परियोजना को क्रियान्वित करने में यदि अब और विलंब हुआ तो अनुदान की राशि के उपयोग के लिए समय बढ़ाने की स्वीकृति नहीं दी जा सकेगी तथा राशि की स्वीकृति वापस ले ली जाएगी···नहीं, स्वीकृत राशि स्वतः ही रद्द हो जाएगी—अनुबंध की शर्त क्रमांक छः के अधीन (कृपया शर्त क्रमांक छः उद्धरित कर दें)।]

[टेलीफोन की घण्टी बजती है। संजय टेलीफोन उठाता है।]

आवाज़ : व्हिच प्लीज़ नोट, योर्स एटसेट्र···एटसेट्रा (कृपया ध्यान दें, आपका···)

संजय : हैलो!

[टेलीफोन कान पर रखता है। स्टेनो-ग्राफर जाती है।]

संजय : वेट ए मोमेण्ट! (ज़रा रुकें!) एक चिट्ठी और है।

[स्टेनोग्राफर बैठ जाती है।]

संजय : हैलो···(खुश हो जाता है) हैलो दीपा···

[दीपा किसी पब्लिक टेलीफोन से बात कर रही है।]

दीपा : सुनो···वो इण्टरव्यू का कॉल आ गया है··· हां···बीस अक्टूबर···हां, मुझे कम से कम तीन दिन पहले बम्बई पहुंच जाना चाहिए··· पहली बार जा रही हूं···तुम भी चलो न मेरे साथ—नहीं···चलो मेरे साथ—बम्बई बिल-कुल नई जगह है···तुमसे बहुत कुछ सहारा मिलेगा···संजय···सुनो न···आई एम सो एक्साइटेड (मैं तो इतनी उत्साहित हो गई हूं कि···) क्या? टेलीफोन रख दो···चिट्ठी बाद में लिखवाना···तुम अभी आ जाओ··· क्या काम है···स्ट्राइक क्यों नहीं कर देते··· शाम को ठीक वक्त पर आ जाना···छः बजे··· ओ. के. बाई।

[दीपा खुशी-खुशी बूथ के बाहर आती है। बूथ के बाहर चार आदमियों की क्यू लगी हुई है। क्यू के सामने एक तगड़े-से सरदारजी हैं। वह दीपा की तरफ एक कड़ी नज़र डाल-कर बूथ के अन्दर दाखिल होते हैं। दीपा उछलती हुई, बैग हिलाती हुई, पीछे न देखती हुई आगे बढ़ जाती है।]

दृश्य 24

दिन : ड्राइंगरूम

[गुलदस्ते में नया रजनीगंधा लगाया जाता है। संजय गुलदस्ते से एक फूल निकाल-

कर मुस्कराता हुआ दीपा की तरफ देखता है। दीपा चाय बना रही है।]

दीपा : चलो न मेरे साथ बम्बई···मुझे डर लग रहा है।

संजय : नहीं दीपा···इस वक्त छुट्टी मिलना बिलकुल नामुमकिन है।

दीपा : दो-चार दिनों की तो बात है।

संजय : ये दो-चार दिन ही बहुत ज़रूरी हैं। दीपा, क्या से क्या हो जाए—चार प्रोमोशन होने वाले हैं। मैं यहां नहीं रहूंगा तो ज़रूर रह जाऊंगा। फिर एक यूनियन की मीटिंग है। नई मांगें पेश की हैं हमने।

दीपा : मैं जाने को कह रही हूं न, इसलिए दुनिया-भर का काम तुम्हारे सर पर आ गया है।

संजय : (हंसता है) यह बात नहीं है दीपा! तुम तो बहादुर लड़की हो···अपने-आपको संभाल लोगी।

दीपा : मुझे डर लगता है।

संजय : डर काहे का···सब ठीक हो जाएगा।

[संजय दीपा के बालों में फूल लगा देता है···पीछे से। दीपा संजय की तरफ देखती है। संजय उसकी तरफ देखकर मुस्कराता है।]

दृश्य 25

दिन : रेलवे स्टेशन : दिल्ली

[दीपा रेल की खिड़की से झांककर देख रही है—बहुत-से आदमी उतर-चढ़ रहे हैं। रेल सीटी देती है। दीपा कुछ परेशान है। अपनी घड़ी देखती है। दूर से संजय स्टेशन पर भागता हुआ आता है। हाथ में रजनीगंधा का एक गुलदस्ता है। दीपा संजय को देख लेती है। अपना हाथ हिलाती है। संजय पास आ जाता है और रजनीगंधा दीपा को दे देता है। दीपा गुलदस्ते को सूंघकर अपनी सीट पर रख देती है। संजय दीपा का हाथ ज़ोर से पकड़ लेता है।]

संजय : बम्बई पहुंचते ही एक चिट्ठी देना।

दीपा : चलो न मेरे साथ संजय···क्या करूंगी अकेली-अकेली वहां?

[संजय उसके हाथ को थपथपाता है।]

संजय : कितने दिन रहोगी बम्बई?

दीपा : शायद चार या पांच दिन···मुझे वहां बिलकुल भी अच्छा नहीं लगेगा।

संजय : मुझे भी क्या अच्छा लगेगा यहां? जल्दी वापस आ जाना···तुम्हें वहां नौकरी मिल गई तो मैं भी बम्बई आ जाऊंगा। हम दोनों वहीं रहेंगे।

[दीपा संजय का हाथ पकड़ लेती है। गार्ड हरी झण्डी दिखाता है। ट्रेन चल देती है। संजय गाड़ी के संग-संग चलता है। दोनों ने ज़ोर से हाथ पकड़ रखे हैं। गाड़ी आगे बढ़ जाती है। संजय हाथ हिलाता है। दीपा भी हाथ हिलाती है। उसकी आंखें भर आती हैं। संजय हाथ हिलाता रहता है···फिर धीरे-धीरे हाथ नीचे कर लेता है। गाड़ी कॉफी दूर जा चुकी है। दीपा नज़र भी नहीं आती।]

दृश्य 26

दिन: बेडरूम : बम्बई

[एक आईने के सामने ईरा कुछ मेकअप कर रही है। घण्टी बजती है। ईरा मुड़कर देखती है।]

दृश्य 27

दिन : पैसेज : बम्बई

[दरवाजे पर एक पोस्टमैन खड़ा है। ईरा दरवाज़ा खोलती है। पोस्टमैन एक तार आगे करता है।]

ईरा : टेलीग्राम?

[ईरा दस्तखत करके तार फोड़ती है।]

दृश्य 28

दिन : ड्राइंगरूम : बम्बई

[ड्राइंगरूम में अशोक टाई की नॉट ठीक करता हुआ अन्दर आता है।]

अशोक : किसका टेलीग्राम है?

[ईरा ने टेलीग्राम पढ़ लिया है। किवाड़ बन्द करके अशोक की तरफ देखती है।]

ईरा : दीपा आ रही है कल फण्टियर से।

अशोक : कौन दीपा?

ईरा : मेरी क्लासफेलो थी। आई थी न हमारी शादी में? तुम जाओ न कल···उसे रिसीव करने। दस बजे आएगी गाड़ी।

अशोक : मैं तो आज रात ही कलकत्ते फ्लाई कर रहा हूं।

ईरा : अरे हां···बिलकुल भूल गई।

अशोक : तुम ही चली जाना···आखिर तुम्हारी ही तो सहेली है!

ईरा : चली तो जाती पर···कल आफिस में सुबह ही एक मीटिंग है···

[अशोक अन्दर चला जाता है। ईरा कुछ सोचती है, फिर टेलीफोन के पास आकर डायल करती है।]

दृश्य 29

दिन : बम्बई सेंट्रल रेलवे स्टेशन

[फ्रण्टियर मेल प्लेटफार्म पर आकर रुकती है। कुली भागते हैं। दीपा एक कम्पार्टमेण्ट के सामने खड़ी इधर-उधर डरी-सी देखती है। वह डिब्बे से उतरती है। प्लेटफार्म पर खड़ी होती है। एक कुली उसका सामान उतारता है। फिर देखती है—लोग उसके पास से अपना सामान लिए गुज़रते हैं। कुछ ही दूरी पर नवीन खड़ा हुआ है। वह गॉगल्स पहने हुए है। वह खड़ा हुआ दीपा को देख रहा है। कुली सारा सामान सर पर रखे पास ही खड़ा है।]

कुली : चलिए मेम साब।

[दीपा कुछ समझ नहीं पा रही क्या करे। एक सेकण्ड ऐसे ही खड़े रहकर वह जाने के लिए तैयार होती है।]

दीपा : टैक्सी तक ले चलो।

[दीपा और कुली चार-पांच कदम आगे बढ़ते हैं। यहीं नवीन खड़ा है।]

नवीन : दीपा!

[दीपा नवीन की तरफ देखकर खड़ी हो जाती है।]

दीपा : नवीन!

नवीन : हां, दीपा··· बहुत दिनों बाद मिले हैं···पांच साल···तुम शायद···यहां मुझसे मुलाकात होगी, सोचा भी नहीं होगा। ईरा ने ही मुझे यहां भेजा है···टु रिसीव यू···

[दीपा मुस्कराने की कोशिश करती है।]

नवीन : चलो, चलते हैं।

[दोनों चलते हैं। चलते-चलते दीपा नवीन की तरफ देखती है।]

दीपा : कितने दुबले हो गए हो नवीन! और यह कवियों की तरह बाल क्यों बढ़ा लिए हैं?

[दोनों फिर चलते हैं।]

नवीन : रास्ते में कोई तकलीफ तो नहीं हुई?

दीपा : नहीं।

[नवीन कार की डिकी खोलता है। कुली सामान रखता है। दीपा बैग खोलकर पैसे निकालती है, पर नवीन कुली को एक रुपया दे देता है।]

दीपा : नहीं-नहीं, मैं देती हूं।

नवीन : कोई बात नहीं।

[नवीन डिकी बन्द करके कार का दरवाज़ा खोलता है। दीपा बैठती है। नवीन आकर पास ही बैठता है। कार चल पड़ती है।]

दृश्य 30

दिन : रास्ता : बम्बई

[गाड़ी में दोनों चुपचाप बैठे हैं। दीपा बाहर की तरफ देख रही है। बिल्डिंग भागती नज़र आती हैं। दीपा सीधी बैठती है। नवीन की तरफ देखती है। नवीन चुपचाप है।]

दृश्य 31

फ्लैश बैक

[बहुत-से छात्र कालेज के गेट पर खड़े नारे लगा रहे हैं।]

—कोई क्लास अटेण्ड नहीं करेगा।

—जब तक साइंस का पूरा स्टाफ नहीं आएगा, हम फीस नहीं देंगे।

—बायकाट दिस कालेज। (इस कालेज का बायकाट करो।)

[दो-तीन प्लेकार्ड, पोस्टर भी हैं, जिनपर लिखा है—नो टीचिंग स्टाफ नो फी (पढ़ाने वाले नहीं तो फीस भी नहीं)।

—इनजरिस्ट्स टु साइंस स्टूडेण्ट्स (विज्ञान के छात्रों के साथ अन्याय)।

—वी वोण्ट एलाउ एनी इन्क्रीज़ इन फीस (हम फीस नहीं बढ़ने देंगे)।

[जो लड़के कालेज में पढ़ने आ रहे हैं उन्हें स्ट्राइक वाले लड़के रोक रहे हैं। नवीन इन छात्रों का अगुआ है। चार-पांच छात्राएं नज़दीक खड़ी सब देख रही हैं। एक टीचर आता है। संग दो लड़कियां और एक लड़का भी है। सब नारे लगाते हैं। टीचर और लड़-कियां अन्दर चले जाते हैं। दीपा दो लड़कियों के संग आती नज़र आती है।]

एक लड़का : देख नवीन, तेरी दीपा आ रही है।

दूसरा : तेरे रहते हुए अगर दीपा क्लास में चली गई तो यह हमारी इंसल्ट है।

[दीपा और दो लड़कियां चुपचाप उनके पास से अन्दर चली जाती हैं। लड़के चीखते हैं।]

एक लड़का : आज स्ट्राइक है।

दूसरा : मत जाने दो अन्दर।

[लड़कियां चुपचाप चलती रहती हैं। नवीन दौड़कर अन्दर आता है और दीपा के सामने खड़ा हो जाता है।]

नवीन : दीपा, मैंने तुम्हें कालेज आने को मना किया था। जब तक हमारी सुनाई नहीं होगी कोई क्लास अटेण्ड नहीं करेगा।

दीपा : मैंने भी तुम्हें कह दिया था कि मुझे तुम्हारी स्ट्राइक से कोई मतलब नहीं है। मैं आर्ट्स की स्टूडेण्ट हूं।

नवीन : दीपा, यह हमारे संगठन और एकता का सवाल है। आज साइंस का स्टाफ नहीं है, कल शायद आर्ट्स का न हो। बहुत-से आर्ट्स स्टूडेण्ट्स भी क्लास में नहीं जा रहे। तुम्हें भी हमारा साथ देना चाहिए।

दीपा : हमें जाने दो नवीन! इस बारे में शाम को बातें कर लेंगे।

नवीन : दीपा, यह ठीक नहीं है, मैं···

[दीपा अन्दर की तरफ चल देती है।]

नवीन : (चीखकर) दीपा, तुमने आज अगर जाकर क्लास जाइन किया तो बस समझ लेना, मुझसे बुरा कोई न होगा। समझती क्या हो अपने-आपको?

[दीपा खड़ी होकर घूमती है।]

एक सहेली : चलो दीपा, घर चलते हैं।

दीपा : नहीं। (नवीन से) मैं कालेज से बाहर नहीं जाऊंगी। और मुझपर इस तरह से चिल्लाने की कोई ज़रूरत नहीं है, समझे?

नवीन : ओ. के., जाओ जहन्नुम में। मुझसे मिलने की फिर कभी कोशिश मत करना। मेरे लिए आज से तुम मर गई हो।

फ्लैश बैक समाप्त

दृश्य 32

दिन : रास्ता : बम्बई

[झटके से गाड़ी खड़ी हो जाती है। दीपा को भी झटका लगता है। दीपा फिर बाहर की तरफ देखती है। कार हाजी अली से पेडर रोड की तरफ चल देती है। दीपा गम्भीर है। सोच रही है कि ऐसा अपमान···इतनी कठोर सज़ा ···ऐसा क्या किया था मैंने···कितनी रोई थी उस दिन मैं···]

दृश्य 33

फ्लैश बैक

[दीपा तकिये में मुंह घुसाए फूट-फूटकर रो रही है। रोती-रोती खड़ी हो जाती है। सिसकियां चालू हैं। रोते-रोते वह एक साड़ी निकालती है। उसको रस्सी की तरह गोल करके एक हिस्से को अपने गले में ज़ोर से बांधती है। दूसरे हिस्से को फेंककर सीलिंग फैन पर घुमाकर एक फांसी के फंदे जैसा कर लेती है। फूटकर रो पड़ती है। और दोनों हाथों से दूसरे छोर को खींचती है। गले पर कुछ दबाव पड़ता है। कुछ देर में हार जाती है। फिर ड्राअर खोलकर नवीन की एक फोटो

और बहुत सारी चिट्ठियां निकालती है। चिट्ठियों को टुकड़े-टुकड़े करके फाड़ती है।]

फ्लैश बैक समाप्त

दृश्य 34

ईरा के घर वाली बिल्डिंग का पोर्टिको

[कार आकर एक पोर्टिको में रुकती है। नवीन उतरकर दीपा की तरफ आता है। दीपा तब तक खोलकर बाहर आ जाती है।]

दृश्य 35

दिन : पैसेज : बम्बई

[एक लिफ्ट आकर रुकती है। गेट खुलता है। दीपा और नवीन लिफ्ट से बाहर आते हैं। नवीन दीपा का सूटकेस भी लिफ्ट से बाहर निकालकर पैसेज में रखता है। लिफ्ट का दरवाज़ा बन्द करता है।]

नवीन : आओ दीपा!

[दोनों सात-आठ कदम दूर एक फ्लैट के बन्द दरवाज़े के पास आते हैं। दरवाज़े पर 'अशोक कपूर' की नेम-प्लेट है। नवीन दरवाज़े पर चाबी लगाकर खोलता है।]

नवीन : अन्दर आओ दीपा! यही ईरा का मकान है। मैं सामान लाता हूं।

दृश्य 36

ड्राइंगरूम

[दीपा ड्राइंगरूम में दाखिल होती है। चारों तरफ देखती है। यहीं टेलीफोन की घंटी बजती है। दीपा टेलीफोन की तरफ दो कदम बढ़ती है। झिझकती है, क्या करे? फिर दरवाज़े की तरफ मुड़ती है। नवीन सूटकेस अंदर रखकर दौड़कर टेलीफोन उठाता है।]

नवीन : हैलो,हां-हां—नहीं—गाड़ी राइट टाइम थी—अभी-अभी आए यहां हम दोनों। हां-हां, बात करो।

[नवीन दीपा की तरफ टेलीफोन बढ़ाता है।]

नवीन : ईरा का टेलीफोन है।

[दीपा टेलीफोन लेती है।]

दीपा : हैलो!

ईरा की आवाज़ : हैलो दीपा! कितने दिनों बाद तेरी आवाज़ सुन रही हूं। कैसी है तू? घर तो आसानी से मिल गया? मैंने ही नवीन···

[दीपा का चेहरा पहले बहुत खुश होता है। बाद में उसके नाम पर वह कुढ़ जाती है।]

दीपा : कहां है तू ईरा?

[ईरा किसी एडवरटाइजिंग फर्म में है।]

ईरा : नौकरी है दीपा! छुट्टी नहीं ले पाई। और इनका भी काम कुछ ऐसा ही है। कल कलकत्ता चले गए। फिर यहां नौकरों की भी अजीब मुसीबत है। दो दिन हुए हमारा नौकर भाग गया। हां, ऐसी मुसीबत है, क्या बताऊं! सब मुझे ही करना पड़ता है। तुझे भी दीपा, सब अपने-आप ही करना पड़ेगा। वैसे मैं आज जल्दी ही आ जाऊंगी। यहां तो दम मारने की भी फुर्सत नहीं मिलती। और क्या—इसीलिए नवीन को भेज दिया तुझे लाने। कम से कम तुझे पहचानता तो है। (हंसती है) नवीन, याद है न तुझे? बता तो सही, क्या कर रहे हो दोनों मिलकर? (फिर हंसती है)

[दीपा को खराब लगता है।]

दीपा : प्लीज़ ईरा···

ईरा : और देख, फ्रिज़ में कुछ खाना पड़ा है। गरम करके खा लेना। और बाथरूम में देखना पानी है या नहीं। बरसात के सिवा बम्बई में कभी पानी पूरा मिलता ही नहीं। हां।

दीपा : तू मेरी फिक्र न कर। बस जल्दी आ जा। बहुत-सी बातें करनी हैं तुझसे। बरसों से देखा भी तो नहीं तुझे।

ईरा : आ जाऊंगी जल्दी। रखती हूं मैं···हैव ए नाइस

टाइम। (हंसती है)

[दीपा भी मुस्कराती है। टेलीफोन रख देती है। नवीन दो गिलास लिए कमरे में आता है।]

नवीन : लो दीपा! गरम-गरम कॉफी, थक गई होगी।

दीपा : यह सब करने की क्या ज़रूरत थी! मैं खुद बना लेती।

[दीपा कॉफी ले लेती है।]

नवीन : पिछले एक साल से अपने अकेले फ्लैट में रोज़ कॉफी बनाते-बनाते अब तो मैं एक्सपर्ट हो गया हूं। देखो पीकर।

[दीपा कॉफी पीती हुई मन ही मन सोचती है कि अभी तक नवीन ने शादी क्यों नहीं की? करे न करे, मुझे क्या? क्या वह आज भी मुझसे कुछ उम्मीद रखता है?··· हुं···बेवकूफ!

नवीन : ईरा कह रही थी, तुम यहां किसी कालेज के लेक्चरारशिप के इण्टरव्यू के लिए आई हो?

दीपा : हां। तुम क्या कर रहे हो यहां?

नवीन : मैं एडवरटाइज़िंग फिल्में बनाता हूं। यह जो सब होता है न—सिनेमा में शो के पहले दिखाते हैं—एस्प्रो—डालडा—बिनाका—साबुन—टूथब्रुश—एक-एक मिनट की फिल्में। इनमें से कुछ मैंने बनाई हैं। इसी काम में मेरी पहचान अशोक से हुई। अशोक एकाउण्ट्स एक्से-

क्युटिव है। और जब पता चला, अशोक हमारी ईरा का हस्बैण्ड है, तब दोस्ती हो गई।

[नवीन कॉफी खत्म करता है।]

नवीन : अब मैं चलता हूं। कुछ चाहिए तो नहीं?

दीपा : नहीं-नहीं।

नवीन : शाम को आऊंगा छः बजे।

[दीपा खड़ी हो जाती है। नवीन मुस्कराता है और बाहर चला जाता है। हलके से किवाड़, बन्द कर देता है। दीपा कॉफी का आखिरी घूंट पीकर गिलास रखती है। सिर के बाल ढीले कर देती है। घण्टी बजती है। दीपा आहिस्ता से टेलीफोन उठाती है और एक दबी हुई 'हैलो' कहती है। एक बार घण्टी और बजती है। कुछ समझ नहीं पाती। घण्टी डोर-बेल की है। रिसीवर रखकर दरवाज़ा खोलती है। नवीन अन्दर आता है।]

नवीन : गॉगल्स किचन में भूल गया।

[वह सीधा अन्दर चला जाता है। गॉगल्स पहनकर आ जाता है। दरवाज़े पर खड़ा होकर कहता है।]

नवीन : तुम बम्बई में नई हो। कोई घण्टी बजाए तो इस मैजिक आई से देख लिया करो कौन है। अगर कुछ समझ में न आए कौन है, तो यह चेन लगाकर दरवाज़ा खोलकर देख लेना। वैसे घबराने की कोई बात नहीं। जस्ट प्रिका-

शन्स।

[और वह मुस्कराकर चला जाता है। दीपा दरवाज़ा बन्द कर देती है। पास ही खुली खिड़की पर जाती है और नीचे देखती है। नवीन जाता नज़र आता है।]

दृश्य 37

दिन : बेडरूम

[दीपा किताबों की शेल्फ से एक किताब लेकर बिस्तर पर लेट जाती है। उसके बाल खुले हुए हैं। किताब पढ़ती है। फिर किताब एक तरफ रख देती है। किसी सोच में पड़ जाती है।]

दृश्य 38

फ्लैश बैक

[दीपा नवीन से एक किताब लेती है। दोनों कालेज के बाहर हैं।]

दीपा : परसों वापस कर देंगी।

[नवीन सिर्फ मुस्कराता है। दीपा किताब लेकर एक कोने में जाती है। किताब खोलती है। उसमें से एक खत निकालती है। वहीं बैठ जाती है और बड़ी उत्सुकता से चिट्ठी

पढ़ती है। बीच में हंसती भी रहती है।]

फ्लैश बैक समाप्त

दृश्य 39

एक अन्य फ्लैश बैक

[लेटर पैड के चार पेज लिखे जा चुके हैं। दीपा पेट के बल लेटी हुई पांचवें पेज के अन्त में आ जाती है। आखिर में लिखती है— 'तुम्हारी दीपा'। उठ बैठती है और पांचों पेजों को फोल्ड करके एक किताब के बीच रखती है।]

फ्लैश बैक समाप्त

दृश्य 40

एक अन्य फ्लैश बैक

[दीपा नवीन के हाथ में किताब थमा रही है। पांच पेज की चिट्ठी की वजह से साफ नज़र आता है कि बीच में कोई चिट्ठी है। किताब देकर दीपा एक तरफ चल देती है। कुछ दूर जाकर नज़र बचाकर मुड़कर देखती है।]

फ्लैश बैक समाप्त

दृश्य 41

एक अन्य फ्लैश बैक

[नवीन एकटक देख रहा है। दीपा भी विजय की तरफ देख रही है। दोनों किसी रेस्टोरेण्ट में बैठे हैं। दोनों ने एक-दूसरे का हाथ पकड़ा हुआ है। दूसरे हाथ से कुछ खा रहे हैं। टेबल के नीचे दोनों ने चप्पलें उतार रखी हैं। और चारों पैर एक-दूसरे से लगे हुए हैं।]

फ्लैश बैक समाप्त

दृश्य 42

एक अन्य फ्लैश बैक

[दीपा नवीन की उंगलियां पकड़े उनसे खेल रही है। दोनों किसी पेड़ के पास खड़े हैं। कुछ बात कर रहे हैं। दोनों के पास कालेज की किताबें हैं।]

फ्लैश बैक समाप्त

दृश्य 43

एक अन्य फ्लैश बैक

[फुटबाल का खेल हो रहा है। दीपा और नवीन पास-पास बैठे खेल देख रहे हैं। दोनों मूंगफली खा रहे हैं। दोनों खुश हैं। ईरा भी वहीं नज़दीक ही है। गोल होता है। लोग खुशी से चिल्लाते हैं। रेफरी ज़ोर से व्हिसिल बजाता है।]

फ्लैश बैक समाप्त

दृश्य 44

दिन : बेडरूम : बंबई

[दीपा आंखें खोले लेटी हुई है। डोर-बेल बजती रहती है। दीपा को होश आता है। वह उठती है। किवाड़ खोलना चाहती है, पर कुछ सोचकर मैजिक आई से देखती है। एक मूछोंवाले आदमी का विकृत चेहरा नज़र आता है। दीपा दरवाज़े की चेन लगा-कर किवाड़ थोड़ा-सा खोलती है। वह एक चिट्ठी दीपा को देता है। चिट्ठी लेकर दीपा किवाड़ बंद कर देती है। चिट्ठी देखती है।]

दृश्य 45

दिन : बेडरूम : बंबई

[दीपा बिस्तर पर पेट के बल लेटी हुई है। वह एक चिट्ठी लिख रही है :

प्रिय संजय,

मैं यहां आज सुबह आ पहुंची हूं। मैं तो कभी सोच भी नहीं सकती थी कि स्टेशन पर मुझे रिसीव करने नवीन···

उसका पेन रुक जाता है। आखिरी लाइन को काट देती है। फिर पैड का पेज ही फाड़ डालती है। दूसरे पेज पर लिखती है : प्रिय संजय···]

दृश्य 46

पैसेज

[लिफ्ट ऊपर आती है। ईरा लिफ्ट से बाहर आती है। उसके हाथों में चार-पांच पैकेट हैं। वह घण्टी बजाती है। रुकती है। फिर मैजिक आई से अंदर की तरफ झांकती है। एक बड़ी खुली हुई आंख मैजिक आई की गोलाई पर नज़र आती है। दीपा कुछ पीछे हट जाती है। ईरा फिर से कालबेल बजाती है। दीपा ज़ंजीर लैच पर लगाती है और धीरे

से दरवाज़ा खोलती है। सामने ईरा खड़ी नज़र आती है। दीपा का चेहरा खिल उठता है।]

दीपा : अरे ईरा, तू है, ?

[दीपा दरवाज़ा खोल देती है। ईरा अंदर आती है। सामान रख देती है।]

दीपा : कैसी मोटी हो गई है!

ईरा : दुनिया-भर की एक्सरसाइज़ करती हूं, लेकिन यह कमबख्त मुटापा जाता ही नहीं है। कहते हैं, खाना छोड़ दो। यह भी कोई बात हुई! लेकिन दीपा, तू वैसी की वैसी ही है।

[दीपा कुछ शरमाती है। नज़र नीची कर लेती है।]

ईरा : और बता, सफर कैसा रहा? मेरा मतलब है, स्टेशन से यहां घर तक?

दीपा : तुझे नवीन को नहीं भेजना था स्टेशन। इतना बुरा लग रहा था मुझे।

ईरा : तू क्या अभी तक पुराने घाव सेंक रही है? कभी तो पागल थी उसके प्रेम में!

दीपा : था एक पागलपन···लेकिन पिछला मैं सब कुछ भूल चुकी हूं। मेरा नवीन से अब कोई संबंध नहीं है।

ईरा : छः साल पुरानी बातों को लेकर आज भी घुट रही है तू!

दृश्य 47

बेडरूम

[दोनों बिस्तर पर बैठी हैं।]

दीपा : अठारह वर्ष की उमर में किया हुआ प्यार भी कोई प्यार होता है भला! निरा बचपना...

ईरा : तु फिर भी किस्मत वाली है दीपा! अठारह साल में कुछ हुआ तो—यहां तो आज तक भी किसी के प्रेम में नहीं पड़ी। बस, शादी ही हो गई है।

[दीपा हंस पड़ती है।]

दीपा : तेरी शादी को तो चार साल हो गए, बच्चा नहीं हुआ कोई?

ईरा : दोनों नौकरी कर रहे हैं। बच्चे को कौन संभालेगा? फिर अशोक स्टेट्स (अमरीका) जाने के चक्कर में है। अगर मौका लग गया तो दोनों हाथ झाड़कर चल देंगे। बच्चों से झमेला और बढ़ जाएगा।

दीपा : कब आएंगे तेरे अशोक?

ईरा : हफ्ता-भर लगेगा। तब तक तू रह क्यों नहीं जाती यहीं?

दीपा : क्या पता ईरा! मुझे तो इस इण्टरव्यू से डर ही लग रहा है। अशोक होते तो शायद किसीसे सिफारिश कर देते।

दृश्य 48

ड्राइंगरूम

[दोनों डाइनिंग टेबल पर चाय पी रही। हैं।]

ईरा : अरे नहीं-नहीं, ये तो बिलकुल निकम्मे आदमियों में से हैं। मैं नवीन से कहती हैं। आता ही होगा यहां। उसकी बहुत जान-पहचान है। अशोक को भी कोई काम पड़ता है तो नवीन का ही सहारा लेता है।

दीपा : नहीं ईरा! नवीन को मेरे मामले में न ला। मैं नहीं चाहती, वह कुछ मेरे लिए···

ईरा : फिर वही बात! जो हो गया सो हो गया। यह क्यों नहीं सोचती कि किसी वक्त दोनों प्यार करते थे। हो सकता है, फिर दोनों में मेल हो जाए। नवीन लड़का वैसे लाखों में एक है।

दीपा : यह सब कुछ नहीं ईरा, तुझे नहीं मालूम, मेरी शादी पक्की हो गई है।

ईरा : सच! किससे?

दीपा : है एक।

ईरा : लेकिन है कौन? देख तो सही, बताया भी नहीं मुझे! कहां मिला तुझे?

[उसी वक्त डोर-बेल बजती है। ईरा जाकर दरवाज़ा खोलती है। नवीन कमरे में दाखिल होता है। ईरा किवाड़ बंद करती है।]

ईरा : बैठो नवीन! तुम्हारा ही इंतज़ार कर रही थी। चाय पीओगे?

नवीन : श्योर!

[नवीन दीपा की पास वाली कुर्सी पर बैठ जाता है। ईरा चाय बनाती है।]

ईरा : हां दीपा, कहां मुलाकात हुई तेरी?

[दीपा बेचैन-सी हो जाती है। नवीन के सामने कुछ नहीं कह पाती। वह खड़ी हो जाती है।]

नवीन : किससे मुलाकात की बातें हो रही हैं?

दीपा : किसीसे नहीं। मैं अभी आई ईरा···अपना एक तौलिया तो देना मुझे।

[दीपा जल्दी से बेडरूम की तरफ जाती है। ईरा भी उठती है।]

दृश्य 49

बाथरूम

[दीपा नल खोलती है। अपना मुंह धोकर तौलिये से पोंछती है। फिर सोचती है, क्यों न बता ही दें कि मैं जल्द संजय से शादी करने वाली हूं! झिझक काहे की? वह मुंह साफ कर लेती है।]

दृश्य 50

ड्राइंगरूम

ईरा : अब बता नवीन को–कहां है तेरा इण्टरब्यू?

दीपा : सोफिया कालेज में। बीस अक्टूबर को। दस बजे।

नवीन : सोफिया···ठीक है···मिल तो जाना चाहिए काम। तुमने किस सब्जेक्ट में एम. ए. किया है?

दीपा : इकॉनॉमिक्स। क्यों?

नवीन : मेरा मतलब है, लेक्चरारशिप किस चीज़ की मांगी है?

ईरा : दीपा को सोफिया कालेज में नौकरी चाहिए। चाहे इकॉनॉमिक्स में हो या हिस्ट्री में। और तुम्हें सब करवाना पड़ेगा। आई बात समझ में?

[नवीन मुस्कराता है।]

नवीन : प्रोफेसर देवधर से एक बार मुलाकात तो हुई थी। अच्छा, जस्ट ए मिनट।

[नवीन चाय खत्म करके टेलीफोन पर चला जाता है और एक नम्बर घुमाता है।]

ईरा : अब तो बता कौन है वो?

दीपा : कौन?

ईरा : जिससे शादी करेगी।

दीपा : अभी नहीं। फिर बताऊंगी।

ईरा : क्यों, नवीन से छुपाना चाहती है?

दीपा : (तुनककर) मैं क्यों छुपाने लगी नवीन से?।

नवीन : (टेलीफोन पर) तुम तो प्रोफेसर देवधर को अच्छी तरह जानते हो···हां···मेरी एक क्लास-फेलो दिल्ली से आई है···इण्टरव्यू के लिए···हां···लेक्चरार···हां-हां···बीस अक्टूबर को है इण्टरव्यू···एक बार पूछ तो लेना कौन-कौन हैं इण्टरव्यू बोर्ड में···गुड, मैं कल फिर टेली-फोन करूंगा···ओ. के. बाई···

[नवीन एक और नम्बर घुमाता है। ईरा और दीपा सुन रही हैं।]

नवीन : (टेलीफोन पर) हैलो···कुड आई स्पीक टु मिस्टर भडकमकर? हैलो भडकमकर··· स्टोरी बोर्ड मिला? ठीक है न···आप एप्रूव, करवाइए, शूटिंग करने में कितना टाइम लगता हैं! भई मेरा एक ज़रूरी काम है। हमारे एक कालेज-फ्रेण्ड दिल्ली से आए हैं एक इण्टर-व्यू के लिए···यस···(हंसता है)

दृश्य 51

बेडरूम

[ईरा नाइट ड्रेस में अपने बिस्तर पर आकर लेट जाती है।]

ईरा : दीपा, यहीं आ जा, हम दोनों यहीं संग सोएंगे।

[दीपा चुटिया बना रही है। साड़ी पहने ईरा की तरफ देखती हुई]

दीपा : अपने पति की जगह मुझे दे रही है?

ईरा : आज तू ही सही। थोड़ा स्वाद तो बदल जाएगा।

दीपा : अक्सर स्वाद तो नहीं बदलती रहती तू?

ईरा : हम इतने भाग्यवान कहां!

[ईरा हंस पड़ती है। दीपा भी]

ईरा : याद है दीपा, कालेज में कैसे लड़के हमें घूरा करते थे? और तू और मैं नाक की सीध में चली जाती थीं जैसे कुछ नहीं मालूम। लेकिन कैसा मज़ा आता था!

[दीपा पास में आकर सो जाती है।

ईरा अपने 'साइड' पर घूमकर दीपा के ऊपर एक पैर रखती है और एक हाथ से चिपटा-सा लेती है।]

दीपा : अरे···

ईरा : भई हमारी तो यही आदत है सोने की। अब बता, कौन है तेरा नया छैला—नवीन-टवीन कोई नहीं है यहां।

दीपा : हमारे इण्टर के बाद तू तो लखनऊ चली गई। मैं आ गई दिल्ली, अपने भैया के पास। यहीं बी. ए. जाइन किया। संजय मेरी ही क्लास में था। संजय है नाम उसका। दो साल तो ऐसे ही हम दोनों एक-दूसरे को पहचानते थे,

जैसे कालेज के दूसरे लड़के-लड़कियों से जान-पहचान थी। मैं वैसे भी लड़कों से कुछ दूर ही रहती थी। नवीन का घाव तब भी ताज़ा था।

ईरा : फिर क्या हुआ?

दीपा : तब हमारे बी. ए. फाइनल के इम्तहान हो रहे थे। सिर्फ दो पेपर्स बाकी थे। इम्तहान का हॉल हमारे घर से पास ही था, इसलिए मैं पैदल ही चली जाती थी रोज़...दिल्ली में तो तुझे मालूम है, कितनी गर्मी पड़ती है। उस दिन रात ज़ोर की आंधी भी आई थी। सुबह फिर बारिश—मैं कुछ लेट भी हो गई थी—बारिश की वजह से एक मकान की आड़ में खड़ी थी।

दृश्य 52

दिन : रास्ता

फ्लैश बैक

[दीपा एक बिल्डिग की आड़ में खड़ी है। बारिश हो रही है। दो-तीन और आदमी भी खड़े हैं। दीपा बड़बड़ाती है—'मुझे देर हो रही है। दस बजे हॉल में पहुंचना ज़रूरी है।' दीपा अपनी घड़ी देखती है, फिर हाथ बढ़ाकर बारिश

देखती है। संजय एक फटा-सा छाता लिए चला आ रहा है। काफी भीग चुका है, लेकिन बारिश की कोई खास परवाह नहीं है। वह दीपा की ओर देखता है।]

संजय : चलिए, इम्तहान नहीं देना क्या?

[दीपा कुछ सिटपिटाती है।]

संजय : जल्दी आइए, टाइम हो गया है।

[दोनों एक ही छाते के नीचे चलते नज़र आते हैं। दीपा संजय से कुछ अलग-अलग है, कुछ भीग भी रही है। संजय छाते को दीपा के ऊपर करने से खुद भीगता है।]

संजय : नज़दीक आ जाइए। मैं कोई भंगी तो नहीं हूं। फिर आजकल तो भंगियों से भी छूतछात नहीं होती।

फ्लैश बैक समाप्त

दृश्य 53

दिन : इम्तहान का हॉल

फ्लैश बैक

[लड़के-लड़कियां चुपचाप इम्तहान दे रहे हैं। संजय और दीपा हॉल के अन्दर आते हैं। दोनों पूरी तरह से भीगे हुए हैं। दोनों

अपनी-अपनी जगह पर बैठते हैं। संजय ब्लाटिंग पेपर से अपने बदन का पानी सुखाता है।]

संजय : ब्लाटिंग पेपर्स, प्लीज़!

[इनविजिलेटर कुछ ब्लाटिंग पेपर संजय की टेबल पर रखता है। संजय ब्लाटिंग पेपर से मुंह, गर्दन, हाथ से पानी सोखता है। इन-विजिलेटर देखता है।]

फ्लैश बैक समाप्त

दृश्य 54

दिन : हॉल के बाहर

फ्लैश बैक

[लड़के-लड़कियां अपने-अपने पेपर्स की बातचीत करते दिखाई देते हैं। दीपा दो और लड़कियों से विदा लेकर चल देती है। संजय उसके पास लपककर आता है।]

संजय : कहिए, कैसा पेपर हुआ?

दीपा : ठीक ही रहा। आपका?

संजय : हमें कौन-सी फर्स्ट क्लास लानी है! बस पास मार्क्स मिल जाएं, और क्या चाहिए!

[दीपा मुस्कराती है।]

संजय : कल आखिरी इम्तहान है। कल मिलते हैं सुबह उसी बिल्डिंग के पास। कल भी बारिश होने वाली है।

दीपा : कल मैं अपना छाता ले आऊंगी।

संजय : फिर मैं नहीं लाऊंगा।

[संजय हंस पड़ता है। दीपा मुस्कराती है।]

संजय : आपका रोल-नम्बर क्या है?

दीपा : 16008।

संजय : 16008, मेरा नम्बर है 15676, लिख लीजिए, ज़रा टेढ़ा नम्बर है।

[दीपा मुस्कराती है। कुछ दूर पर कुछ लड़के हैं। उनमें से एक संजय को ज़ोर से पुकारता है। संजय दीपा को हाथ से बाई-बाई करके अपने दोस्तों में आ जाता है। एक दोस्त कहता है।]

दोस्त : (संजय से) क्यों बे···पटा रहा था?

[शायद दीपा ने भी सुन लिया।]

फ्लैश बैक समाप्त

दृश्य 55

रात : सिनेमा हॉल के अन्दर

फ्लैश बैक

[दीपा, दीपा की भाभी और भाई सिनेमा हॉल के अन्दर बैठे हैं। संजय गैंगवे से आता नज़र आता है। अशर टार्च जलाकर संजय को एक खाली सीट पर बैठा देता है। इतनी देर से आया है इसलिए आसपास के लोग उसे देखते हैं। संजय के पास एक मोटा-सा आदमी बैठा है।]

संजय : (मोटे आदमी से) फिल्म शुरू हो गई?

[मोटा आदमी बुरी तरह से घूरता है।

मोटा : इण्टरवल होने वाला है।

[संजय फिल्म देखता है।]

['मध्यान्तर' स्क्रीन पर आता है।]

[हॉल में रोशनी हो जाती है।]

[संजय और दीपा एक ही लाइन में बैठे हैं। बीच में सिर्फ मोटा आदमी है। संजय दीपा को देख लेता है।]

संजय : हैलो दीपा!

दीपा : अरे, आप!

[दीपा की भाभी और भैया संजय को देखते हैं।]

दीपा : भैया, संजय··· हम दोनों ने एक ही कालेज से बी. ए. किया है। (संजय से) मेरी भाभी और भैया।

[सब नमस्ते करते हैं।]

संजय : मेरा खयाल है, मैंने बहुत कुछ मिस किया है।

दीपा : हां, बहुत लेट आए हैं आप।

[इस बातचीत के दौरान बीच का मोटा आदमी काफी परेशान होता है। दीपा सामने की तरफ देखती है। संजय उठकर बाहर चला जाता है।]

[फिल्म फिर से शुरू होती है। संजय मूंगफली खाता-खाता गैंगवे से आता है और अपनी जगह पर बैठ जाता है। मूंगफली का ठोंगा दीपा की तरफ बढ़ा देता है—मोटे आदमी के पेट को पार कर]

संजय : लीजिए न···सिर्फ मंगफली ही है।

[दीपा अनिच्छा से थोड़ी मूंगफली ले लेती है।]

[सब फिल्म की तरफ देखते हैं।]

[संजय दीपा की तरफ झुककर]

संजय : यह क्या लड़की का लवर है?

दीपा : नहीं, उसका भाई।

संजय : भाई! डायलाग तो ऐसे बोल रहा है जैसे इसी लड़की से इसकी शादी होगी।

मोटा : आप कृपया चुपचाप बैठेंगे?

[संजय चुप हो जाता है। मूंगफली खाता रहता है। कोई गाना शुरू होता है। संजय हंस पड़ता है।]

संजय : लो··गाना शुरू हो गया··मैं बाहर घूमकर आता हूँ।

[संजय चला जाता है।]

[दीपा को संजय का बड़बड़ाना खराब लगता है।]

भाभी : कौन है? तब से बकबक कर रहा है।

दीपा : है एक मुसीबत। भाभी, तुम मेरी जगह बैठो। नहीं तो फिर कान खाएगा।

[भाभी और दीपा आपस में सीट बदल लेती हैं।]

[संजय टहलता हुआ फिर आ बैठता है। एक चाकलेट का पैकेट भाभी की तरफ बढ़ा देता है, सामने फिल्म देखते हुए (वह समझता है, वहां दीपा बैठी है)। भाभी नहीं लेती और सीट की दूसरी तरफ झुक पड़ती है।]

संजय : (ज़रा आवाज़ को रोककर) चाकलेट।

[भाभी कुछ देर 'क्या करे क्या न करे' सोचकर झट से चाकलेट ले लेती है। संजय फिर हंस पड़ता है।]

संजय : अभी तो गा रहा था, अब रो रहा है।

[संजय हंसता हुआ दीपा की भाभी की तरफ देखता है। मोटा आदमी और भाभी

दोनों कड़ी नज़र से संजय की तरफ देखते हैं। दीपा की जगह भाभी को देखकर संजय सिट-पिटाता है। दीपा को मज़ा आता है। वह छुप-कर हंसी दबाती है।]

फ्लैश बैक समाप्त

दृश्य 56

रात : सिनेमा हॉल के बाहर

फ्लैश बैक

[लोग बाहर जा रहे हैं। शो खत्म हो गया है। दीपा, भाभी और भैया भी बाहर हैं। संजय भी।]

संजय : आप कहां रहते हैं?

दीपा का भाई : निज़ामुद्दीन ईस्ट। स्कूटर मिलेगा भी या नहीं, क्या मालूम···स्कूटर! (चिल्लाता है)

[स्कूटर कोई और ले लेता है।]

संजय : (मुस्कराकर) नहीं, नहीं, मिलेगा क्यों नहीं? (दीपा से) परसों रिज़ल्ट आउट हो रहा है।

दीपा : हां, मुझे तो बड़ा डर लग रहा है।

संजय : (हंसता है) डर काहे का? आपका रोल नम्बर 15006 है न?

दीपा : नहीं, 16008।

संजय : हां-हां, सॉरी···मेरा नम्बर है 15979।

फ्लैश बैक समाप्त

दृश्य 57

दिन : ड्राइंगरूम : दिल्ली

फ्लैश बैक

[अखबार में रोल-नम्बर–एक उंगली नम्बरों को टटोल रही है···दीपा की उंगली है।]

दीपा : भैया, संजय भी पास हो गया है···सेकण्ड डिवी-ज़न में।

भैया : कौन संजय?

दीपा : वो जो लड़का मिला था परसों, सिनेमा में।

भाभी : वो बातूनी पास हो गया?

फ्लैश बैक समाप्त

दृश्य 58

दिन : रास्ता : बस-स्टाप (निज़ामुद्दीन)

फ्लैश बैक

[दीपा रास्ता क्रॉस करके बस-स्टाप पर आती है। स्टाप पर पांच-छः आदमी खड़े हैं। संजय भी खड़ा है। संजय दीपा को देखकर खुश होता है, लेकिन मुंह दूसरी तरफ कर लेता है, जैसे देखा ही नहीं। दीपा जब नज़दीक आती है तब उसकी तरफ देखकर आश्चर्य प्रकट करता है।]

संजय : अरे दीपा, तुम यहां रहती हो? हां-हां, कहा था न निज़ामुद्दीन...

दीपा : कैसे आना हुआ इधर?

संजय : एक दोस्त से मिलने आया था यहां। कौन-सा घर है तुम्हारा?

[दीपा उंगली उठाकर दिखाती है।]

दीपा : वो, वहां, पहली मंजिल पर।

संजय : लो, बस आ गई।

फ्लैश बैक समाप्त

दृश्य 59

दिन : एक बस के अंदर

फ्लैश बैक

[संजय और दीपा पास बैठे हैं।]

संजय : भई फस्ट डिवीज़न में पास होने की बधाई। हम तो फेल हो गए।

दीपा : जैसे मुझे मालूम ही नहीं, सेकण्ड डिवीज़न में पास हुए हैं आप।

संजय : तुम्हें कैसे मालूम?

दीपा : रोल-नम्बर जो बताया था अपने।

संजय : मेरा रोल-नम्बर याद रखा तुमने?

दीपा : एम. ए. में क्या ले रहे हैं?

संजय : कालेज को अब छुट्टी। बी. ए. ही बहुत है मेरे पल्ले। ग्रेजुएट हो गए और क्या चाहिए। मैंने बी. ए. पास कर लिया है, कोई साला यकीन ही नहीं करता। कहते हैं, ज़रूर कापी (नकल) की होगी।

[संजय हंसता है। दीपा भी।]

संजय : तुम तो एम. ए. जाइन कर रही होगी?

दीपा : हां। सायकोलॉजी में।

संजय : तुम लड़कियों का क्या है! पता नहीं कैसे फर्स्ट क्लास ले आती हो! फिर एम. ए., पी-एच. डी., एल. एस. डी.।

[कण्डक्टर आता है।]

संजय : दो टिकट कनाट प्लेस।

[संजय टिकट लेता है और आराम से पैसे निकालता है, लेकिन दीपा इसी बीच पैसे दे देती है।]

संजय : यहां भी फर्स्ट!

फ्लैश बैक समाप्त

दीपा की आवाज़: अक्सर संजय हमारे घर के पास वाले बस-स्टाप पर मिल जाता। कहता, उसका कोई दोस्त रहता है वहां। बाद में पता चला कि वह बस-स्टाप में सिर्फ मुझसे मिलने ही आता था। दोस्त का तो सिर्फ बहाना था। इस तरह हमारी जान-पहचान बढ़ती गई। उसका खुला व्यवहार, हंसमुख चेहरा मुझे अच्छा लगने लगा। मैं उसकी तरफ खिचने लगी। कभी न मिलता तो सूना-सूना-सा लगता। फिर···फिर मेरे प्यार का, मेरी भावनाओं का, मेरे भविष्य की सारी योजनाओं का केन्द्र संजय बन गया। सिर्फ मैं ही नहीं, भाभी को भी वह बहुत पसन्द आ गया। फिर एक दिन···

दृश्य 6.

दिन : ड्राइंगरूम : दिल्ली

फ्लैश बैक

[दीपा और भाभी सोफे पर बैठी हैं। संजय चहलकदमी कर रहा है।]

संजय : अच्छा,यही सही भाभी! तुम जीतीं, मैं हारा। मैं दीपा से शादी करूंगा, बस!

भाभी : यह दीपा से कहो, मुझसे नहीं। प्रोपोज़ कैसे करते हैं नहीं मालूम?

संजय : ज़रूर मालूम है।

[संजय दीपा की तरफ मुड़ता है। अपना सीधा हाथ हिटलराना तरीके से तनाकर दीपा की तरफ गुर्राता हुआ कहता है।]

संजय : मैं भगवान को हाज़िर-नाज़िर जानकर कहता हूं कि मैं शादी दीपा···

भाभी : यह क्या हाथ ऊंचा कर रखा है! भगवान हैं। या हिटलर! ऐसे करो···

[भाभी हाथ जोड़कर उसे बताती है। संजय हंसता हुआ हाथ जोड़कर कहता है।]

संजय : मैं भगवान को हाज़िर-नाज़िर, नहीं-नहीं, मैं भगवान और भाभी को हाज़िर-नाज़िर जान-कर कहता हूं कि मैं मिस दीपा कपूर एम. ए.

से शादी करूंगा—अगर कोई दूसरी लड़की न मिली तो।

फ्लैश बैक समाप्त

दृश्य 61

रात : बेडरूम : बम्बई

[दीपा का मुस्कराता हुआ चेहरा। पास ही ईरा सोई हुई है।]

ईरा : उसे नवीन के बारे में मालूम है?

दीपा : हां, मैंने ही बताया है उसे। कभी-कभी लगता है, नवीन की बात को लेकर उदास हो उठता है, लेकिन खिलखिलाकर बातों को उड़ाकर मुझे ही चिढ़ाने लगता है।

[ईरा जम्हाई लेती है।]

ईरा : चलो अब सोते हैं। किसी बारिश के दिन मैं भी किसी बिल्डिंग के नीचे खड़ी होती हूं। देखती हूं, कोई कम्बख्त संजय की तरह मेरे पास भी फटी छतरी लेकर आता है या नहीं।

[दोनों हंस पड़ती हैं।]

दीपा : तू क्यों किसीका इंतज़ार करेगी, तेरी तो शादी हो गई है।

ईरा : शादी ही हुई है। प्यार कहां हुआ?

[ईरा मुस्कराती है और आंखें बंद करके

दीपा से चिपट जाती है। दीपा के चेहरे पर मुस्कराहट उभरी हुई है।]

दृश्य 62

दिन : चर्चगेट पर रेस्टोरेण्ट

[दीपा, ईरा और नवीन रेस्टोरेण्ट में चाय पी रहे हैं।]

ईरा : नौकरी मिलना कोई आसान नहीं है दीपा! डेढ़ सौ की नौकरी के लिए खुद मिनिस्टर सिफारिश करने पहुंच जाते हैं। यह तो चार सौ की नौकरी है।

नवीन : मेरा खयाल है, दीपा को यह नौकरी मिलने में कोई खास दिक्कत तो नहीं होनी चाहिए। एम. ए. है ही। बस, सिर्फ टीचिंग एक्सपीरिएंस नहीं है। मैं अपने एक दोस्त से मिलता हूं। कुछ न कुछ हो ही जाएगा।

[दीपा कॉफी का कप उठाते हुए सोचती है कि यह क्यों मेरे काम में इतनी दिलचस्पी ले रहा है? आज ऑफिस से छुट्टी भी ले ली है। मुझे बता देना चाहिए कि मैं संजय से शादी करने वाली हूं और पिछला सब कुछ भूल चुकी हूं।]

ईरा : तू भी दीपा···इतना परेशान होने की क्या ज़रूरत है! नौकरी मिली न मिली। कौन-सी ज़िन्दगी-भर मर्दों की तरह नौकरी करनी है।

हमें। पहली बार बम्बई आई है। कुछ घूम-फिर ले। क्या-क्या देखेगी, बोल?

दीपा : मैं क्या बताऊँ? सुना है, यहां हैंगिंग गार्डन है, चौपाटी है, जुहु, गेटवे ऑफ इण्डिया···

ईरा : ठीक है, चल गेटवे ऑफ इण्डिया चलते हैं।

दृश्य 63

दिन : गेटवे ऑफ इण्डिया

[गेटवे ऑफ इण्डिया। ईरा, दीपा और नवीन समुद्र पर एक बोट में हैं। नाव डग-मगाती है। दीपा ईरा को पकड़ लेती है। दीपा पानी में हाथ डालती है। पानी लेकर मुंह में लेती है। फिर थूक देती है। सब हंसते हैं।]

दृश्य 64

दिन : उतरने की जगह

[तीनों फिसलनभरी सीढ़ियों से ऊपर चढ़ते हैं—नवीन, दीपा और ईरा···दीपा को फिसलन में कुछ तकलीफ होती है।]

नवीन : संभलकर दीपा··· लो···

[नवीन अपना हाथ बढ़ा देता है। दीपा हाथ पकड़ने से झिझकती है। फिर पीछे से आती ईरा को पकड़कर ऊपर चढ़ती है।]

ईरा : अरे-रे, मुझे मत पकड़, मैं गिर पड़ूंगी।]

[दीपा सिटपिटाती हुई नवीन का हाथ पकड़ती है।]

दृश्य 65

रात : ड्राइंगरूम : बंबई

[तीनों घर वापस आते हैं। ईरा घड़ाम से सोफे पर लेट जाती है।

ईरा : मैं तो बिलकुल थक गई।।

[दीपा भी एक सोफे पर बैठ जाती है —थकी हुई। नवीन खड़ा रहता है। एक सिगरेट निकालता है।]

दीपा : बैठो नवीन ! मैं कॉफी बनाती हूं अभी।

नवीन : नहीं दीपा, मुझे अभी जाना है। उस आदमी से मिलने, तुम्हारे काम के लिए।

[नवीन सिगरेट पीता है। दीपा एक बार उसे देखती है। उसके मुंह पर कुछ-कुछ पसीना आ गया है। नवीन की जगह पर संजय खड़ा सिगरेट पी रहा दिखाई देने लगता है। दीपा उठकर आती है। अपने आंचल से उसका पसीना पोंछती है, फिर उसे पकड़कर पास ही कुर्सी पर बिठा देती है। संजय उसे नज़दीक खींचता है। दीपा अपने को हटाती है।]

दीपा : अब यहां आराम से दो मिनट बैठो। मैं कॉफी बनाकर लाती हूं अभी।

[ईरा सोफे पर लेटी हुई है।]

ईरा : अरे भई, अभी कोई कॉफी बनाने की बात कर रहा था···क्या हुआ उसका?

[दीपा अपनी जगह पर है। वह अपने-आपको संभाल लेती है।]

दीपा : हां, मैं बनाती हूं अभी।

[दीपा खड़ी हो जाती है। नवीन अपने रूमाल से पसीना पोंछता है।]

दीपा : (नवीन से) बैठो न···अभी बना लाती हूं, दो मिनट में।

नवीन : आज जाने दो दीपा! मैंने मिलने का टाइम दे रखा है। मैं कल सुबह आऊंगा। नौ बजे। सो लांग ईरा!

[नवीन चला जाता है।]

दृश्य 66

रात : बेडरूम : बंबई

[दीपा सोई हुई है। पास ही ईरा गहरी नींद में है। दीपा की आंखें खुलती हैं। वह हलकी-सी मुस्कराती है।···संजय रजनीगंधा लिए खड़ा मुस्करा रहा है। दीपा करवट लेती है। हलकी मुस्कान चेहरे पर है। आंखें बंद

करती है। रजनीगंधा के फूल और संजय का चेहरा उभर आता है।]

दृश्य 67

दिन : बिल्डिंग के बाहर

[नवीन कम्पाउण्ड में दाखिल होता नज़र आता है। खिड़की से दीपा देख रही है। उस के बाल खुले हुए हैं। उनमें कंघी कर रही है। अभी-अभी नहाकर आई लगती है। दीपा घूम-कर दीवार पर लगी घड़ी देखती है। घड़ी में नौ बजने में दो-तीन मिनट बाकी हैं। दीपा जाकर दरवाज़े की कड़ी खोल देती है। घड़ी के कांटे जल्दी-जल्दी घूमकर दस-पचास बजाते हैं। किवाड़ धड़ाम से खुलता है और दीपा को लगता है जैसे संजय रजनीगंधा लिए लपककर अन्दर आता है।]

संजय : सो सॉरी दीपा! साला एक गधा दोस्त रास्ते में मिल गया। छोड़ता ही नहीं था। साले ने नौ के ग्यारह बजा दिए। तुम बुरा न मानना प्लीज़!

[डोर-बेल की घण्टी सुनाई देती है। दीपा उधर देखती है। दरवाज़ा हलके से खोलकर नवीन अन्दर आता है।]

नवीन : हैलो दीपा, गुड मार्निंग, बहुत फ्रेश लग रही

हो! ईरा कहां है?

दीपा : ईरा के सिर में दर्द है। लेटी हुई है। बैठो न। [दीपा किचन के अन्दर चली जाती है। नवीन बैठता है। ईरा आती है। सर पर एक पट्टी बंधी हुई है।]

ईरा : हैलो नवीन! दीपा को तुम घुमा लाओ कहीं। मेरा सर तो दर्द से फटा जा रहा है।

दृश्य 68

दिन : किचन : बंबई

[दीपा चाय इत्यादि की ट्रे उठाती हुई सोच रही है : क्या नवीन आज भी मुझसे कुछ उम्मीद रखता है? नहीं-नहीं, मैं संजय के बारे में सब बता दूंगी।···और फिर वह ट्रे लेकर किचन के बाहर जाती है।]

दृश्य 69

दिन : बेडरूम : बम्बई

[तीनों चाय पी रहे हैं।]

नवीन : मैं कल मिला उस आदमी से। उसने कहा कि तुम्हें नौकरी मिल जाएगी। सिर्फ पांच कैण्डी-डेट हैं।

ईरा : दीपा, भई मुझे तो आज छुट्टी दो। तुझे मेरे

सरदर्द का नहीं मालूम, घण्टों तक रहता है—कभी-कभी दो-दो दिन तक। आज मैं घर में ही आराम करती हूं ताकि रात को बेनेगल की पार्टी में जा सकूं। तू भी चलना मेरे संग। तुम भी आ रहे हो न नवीन?

नवीन : हां, जाना तो है।

ईरा : फिर ठीक है। दीपा, तुम नवीन के संग घूम आओ। नवीन ले जाएगा। शाम को जल्दी आ जाना। दोपहर को खाना कहीं बाहर ही खा लेना।

दीपा : लेकिन···

दृश्य 70

दिन : रास्ता : बम्बई

[नवीन कार चला रहा है। पास ही दीपा बैठी है, खिड़की से लगी हुई। दोनों खामोश है।]

[तारापोर एक्वेरियम में नवीन दीपा को मछलियां दिखाता है।]

[मालाबार हिल पर नवीन और दीपा।]

[सचिवालय और आसपास—नवीन और दीपा।]

[गोरेगांव···चाइनीज़ रेस्टोरेंट में नवीन और दीपा खा रहे हैं।]

[नवीन और दीपा कार में।]

नवीन : चलो अब वापस चलते हैं। रात की पार्टी के लिए तुम्हें चेंज (कपड़े बदलना) भी करना है।

दीपा : किस बात की पार्टी है?

नवीन : दीपा, यहां पर तो हम लोग बस यूं ही पार्टी देते रहते हैं। सिर्फ कोई बहाना चाहिए। किसीके दांतों में दर्द है—और एक एस्प्रो खाकर दर्द ठीक हो जाता है, बस इसी खुशी में हो गई एक पार्टी।

[दीपा मुस्कराती है।]

दीपा : कोई ज़रूरी है हम ऐसी पार्टियों में जाएं?

नवीन : ज़रूरी नहीं भी है और है भी···शायद ज़रूरी है···हमारी एडवरटाइज़िंग की दुनिया में कभी-कभी ऐसी पार्टियों में धंधा भी हो जाता है।

दृश्य 71

रात : पार्टी : बम्बई

[बहुत सारे आदमी और औरतें हैं। ज़्यादातर शराब पी रहे हैं। ईरा काफी सजी हुई है और खूब हंस-हंसकर किसीसे बातें कर रही है। लोग चार-पांच के गुटों में हैं। कुछ बैठे हुए हैं, कुछ खड़े। नवीन दीपा को लेकर एक गुट में आता है।]

एक : हैलो नवीन! कैसी चल रही है ज़िन्दगी?

नवीन : ठीक है यार! पूछ तो ऐसे रहे हो जैसे सालों बाद मिले हैं···कल रात ही तो पूछा तूने! खैर···मीट दीपा (दीपा से मिलो)। दिल्ली से आई है यहां। मैरी क्लासफेलो थी··· डकोस्टा···प्रताप···मोहन···शीरीन···

[कुछ 'हाउ डू यू डू' कहते हैं, कुछ नमस्ते। दीपा हंसकर नमस्ते करती है।]

एक : वाहवा···कितने सुन्दर दांत हैं! वोण्ट यू लाइक टु बी फोटोग्राफ्ड? (क्या आप नहीं चाहेंगी कि आपका फोटो खींचा जाए?) नवीन, कल मेरे स्टूडियो में क्यों नहीं ले आते दीपा को? यू मस्ट (ज़रूरी लाना), ये दांत तो बिनाका के लिए हैं।

[दीपा कुछ नहीं कहती।]

दूसरा : यार, उन फोटो का क्या हुआ? एक हफ्ता हो गया···वाई डोण्ट यू हरीअप? (जल्दी क्यों नहीं करते?)

[ईरा चार-पांच व्यक्तियों के संग है।]

एक : ईरा, डिड यू सी एण्टोनीओनी एट ईरोस?

[ईरा कुछ नहीं समझ पाती।]

ईरा : मैं शायद नहीं पहचानती। लेकिन मीर-चंदानी मिला मुझे।

वही : डैम मीरचंदानी—एण्टोनीओनी की फिल्म—

इट वाज़ सिम्पली सुपर्ब! (कमाल थी!)

ईरा : कहानी क्या है?

[नवीन और दीपा चलते हुए एक और ग्रुप में आते हैं।]

एक : हैलो नवीन!

नवीन : हैलो! मीट दीपा—शी इज़ फ्राम दिल्ली। और दीपा, ये हैं नीरा, श्याम, प्रीति।

एक औरत : हैलो! मैं कह रही थी कि प्ले (नाटक) था तो अच्छा, लेकिन पूअर दुबे (बेचारा दुबे) ··· आई थिंक ही नेवर अण्डरस्टुड गिरीश ··· (मैं समझती हूं कि उसने गिरीश को समझा ही नहीं) कुछ जमा नहीं पाया। नवीन, तुमने देखा 'हायवतन'?

[डिनर टेबल पर। नवीन एक प्लेट उठाकर दीपा को देता है और एक खुद लेता है। दोनों प्लेटों में खाना लेते हैं।]

नवीन : यहां कैसा लग रहा है?

दीपा : पता नहीं ··· मैं क्या बताऊं!

नवीन : यहां ऐसा ही है। हमारी पार्टियों में बस यही सब चेहरे नज़र आते हैं। एक ही तरह की घिसी-पिटी बातें करते हैं। लेकिन, पता नहीं क्या बात है, हमें यही अच्छा लगता है। एक बार एक कौंसुलेट की पार्टी में गया था। पन्द्रह मिनट में बोर होकर भाग आया।

[एक पारसी फैशनेबल लड़की प्लेट में

खाना खाती पास आती है।]

लड़की : हैलो नवीन डार्लिंग! तुम नहीं आए हमारी बोतीक में अभी तक! यू मस्ट कम—एक फिल्म क्यों नहीं बनाते हमारी दुकान पर? ओ. के., इट इज़ एन एसाइनमेण्ट। कल आओ, हमारे यहां, और अपनी गर्लफ्रेण्ड को भी ले आना।

[दीपा सकपकाती है। धीरे-धीरे खाती रहती है। चारों तरफ की आवाजें बंद हो जाती हैं उसके लिए। वह अपने ही भीतर डूबकर सोचने लगती है कि मुझे संजय के बारे में बता देना चाहिए। लोग क्या समझेंगे! बिचारा इतना कर रहा है। इण्टरव्यू खत्म हो जाने दो—फिर कह दूंगी।]

दृश्य 72

दिन : कालेज : बम्बई।

[नवीन की कार कालेज के अहाते में आती है। गाड़ी खड़ी होती है। नवीन और दीपा उतरते हैं। दोनों सीढ़ियों से ऊपर चढ़ते हैं। दीपा नर्वस नज़र आती है।]

दृश्य 73

दिन : वेटिंगरूम : बम्बई

[दोनों–दीपा और नवीन वेटिंगरूम में आते हैं। तीन लड़कियां और दो आदमी वहां बैठे हैं। सब आपस में एक-दूसरे को देखते हैं। दोनों एक कोने में बैठते हैं।]

दीपा : पता नहीं क्या होगा!

नवीन : सब ठीक हो जाएगा। मुझे पूरा यकीन है, तुम चुन ली जाओगी।

दृश्य 74

दिन : इण्टरव्यू बोर्ड

[चार अधेड़ उम्र के लोग बैठे हुए हैं। चारों गंभीर हैं। दीपा आहिस्ता से सीट के पास खड़ी होती है। सहज होने का प्रयास करती है।]

दीपा : गुड मार्निंग एवरीबाडी!

[दीपा बैठती है।]

[आदमी कुछ कागज़ात देखते हैं।]

एक : क्या पहली बार नौकरी की दर्ख्वास्त दी है?

दीपा : जी हां···मेरा मतलब है, यह मेरा पहला इण्टरव्यू है···

दूसरा : मतलब यह हुआ कि पढ़ाने का तजुर्बा नहीं है?

दीपा : जी नहीं।

तीसरा : बम्बई में कोई रहने की जगह है?

दीपा : जी नहीं।

[इसके बाद हम कोई आवाज़ नहीं सुनते, सिर्फ दीपा की आवाज़ सुनाई देती है। वह अपने मन में ही बड़बड़ाती है कि नवीन की जगह भी तो है···क्या वह यह सब मेरे लिए नहीं कर रहा ताकि मैं उसकी होकर रहूं?··· यकायक इण्टरव्यू लेने वाले किसी आदमी की कर्कश आवाज़ सुनाई देती है।

इण्टरव्यूअर : सब्जेक्ट क्या है?

दीपा : जी?

इण्टरव्यूअर : मैंने कहा कि आपके थीसिस का सब्जेक्ट क्या है?

दीपा : इनफ्लुएंस ऑफ द पेरेण्ट्स ऑन ए ग्रोइंग चाइल्ड (बढ़ते हुए बच्चे पर माता-पिता का प्रभाव)।

[इण्टरब्यूअर दीपा की तरफ देखकर फिर कागज़ों पर कुछ लिखते हैं। दीपा रूमाल से मुंह पोंछती है।]

दृश्य 75

दिन : ड्राइंगरूम : बम्बई

[डोर-बेल की आवाज़ सुनकर दोपा दौड़-दरवाज़ा खोलती है। मुस्कराता हुआ नवीन अन्दर आता है।]

नवीन : चलो तुम्हारा इण्टरव्यू तो हो गया।

[दीपा मुस्कराकर मुंह नीचा कर लेती है। नवीन खिड़की के पास आकर खड़ा होता है। धूप उसकी कनपटी पर पड़ती है।]

नवीन : (सिगरेट निकालता हुआ) अब मैं कल से अपने काम पर लगता हूं।

[दीपा नवीन की तरफ देखती है।]

दीपा : बैठो न, धूप में क्यों खड़े हो?

[नवीन खिड़की से हट जाता है और एक कुर्सी पर बैठता है। वह आज प्रसन्न है।]

नवीन : तुम्हारी नौकरी तो पक्की समझो।

दीपा : पता नहीं···मैंने तो काफी उलटे-सीधे जवाब दिए।

[नवीन खड़ा हो जाता है और दीवार से टिक जाता है।]

नवीन : नहीं दीपा, तुमने बहुत अच्छा इण्टरव्यू दिया है। मुझे पूरा यकीन है, तुम्हें नौकरी ज़रूर मिलेगी।

[दीपा एक कुर्सी पर बैठती है। बैठकर

सोचने लगती है कि नौकरी अगर मिल भी गई तो सिर्फ नवीन की वजह से मिलेगी।]

नवीन : आज तो इसी खुशी में पार्टी हो जाए।

दीपा : ज़रूर···एनी टाइम···

नवीन : ओ. के., चलो आज ही···

दृश्य 76

दिन : बेडरूम : बम्बई

[दीपा ड्रेसिंग टेबल के सामने लाल साड़ी पहनती है। साज पूरा होता है। वह जाकर बाकी साड़ियों को अपने सूटकेस में रखती है। सूटकेस बन्द करते-करते रुक जाती है। उसे कुछ याद आता है—जब एक बार उसने नीली साड़ी पहनी थी और नवीन ने कहा था कि दीपा, तुम नीली साड़ी में बहुत अच्छी लगती हो। मुझे नीला रंग इतना अच्छा लगता है···

दीपा सोच में है। धीरे-धीरे सूटकेस बन्द करती है।]

दृश्य 77

दिन : पैसेज : बम्बई

नवीन लिफ्ट की घण्टी दबाता है। एक

तरफ देखकर मुस्कराता है। दीपा नीली साड़ी पहने हुए है।]

नवीन : इस साड़ी में तुम बहुत अच्छी लग रही हो।

[दीपा का मुंह लाल हो जाता है।]

दृश्य 78

दिन : जंतरमंतर रोड : नई दिल्ली

फ्लैश बैक

[संजय मुस्कराता हुआ आता है। दीपा बहुत कीमती साड़ी और ज़ेवरों में सजी खड़ी है। दीपा को देखते ही संजय हंसता है।]

संजय : भई थोड़ी देर हो गई। सी. ओ. से आखिर मेरी झड़प हो गई। भाड़ में जाए प्रोमोशन!

[दोनों पैदल चलते रहते हैं।]

संजय : मैंने तो यूनियन की तरफ से कह दिया है कि छः बजे के बाद दस मिनट भी काम करें तो ओवर टाइम मिलना चाहिए। अगर दस मिनट लेट आने से एबसेण्ट गिने जा सकते हैं तो दस मिनट···

दीपा : मेरी नई साड़ी का रंग देखा?

[संजय एक नज़र साड़ी पर डालता है।]

संजय : ···अच्छी है··· लाल! तो दस मिनट ज़्यादा

काम करने से हमें ओवर टाइम ज़रूर मिलना चाहिए। यह हमारा हक है।

फ्लैश बैक समाप्त

दृश्य 79

दिन : बिल्डिंग : पोर्टिको : बम्बई

[दीपा और नवीन बाहर आते हैं।]

नवीन : आज मेरी गाड़ी नहीं है···गैराज में दी है।

दीपा : तुम्हारी गाड़ी में तो मैं बहुत घूम चुकी। आज तुम मेरी टैक्सी में घूमो।

दृश्य 80

दिन : रास्ता : बम्बई

[दीपा और नवीन एक टैक्सी की पिछली सीट पर बैठे हैं। नवीन एक कोने में बैठा है। दोनों के बीच में काफी जगह है।]

नवीन : ईरा को ले लें आफिस से?

दीपा : ईरा नहीं आएगी··· कह रही थी, कुछ काम है।

[दीपा का पल्लू हवा के झोंके से नवीन की गोद में पड़ा फरफराता है। नवीन का हाथ सीट पर रखा हुआ है। टैक्सी तेज़ी से पैडर रोड, फ्लाई ओवर और मैरीन ड्राइव पर

भागती है। दीपा बाहर की तरफ देखती रहती है। कुछ घूमकर नवीन की तरफ भी देखती है। नवीन सिगरेट पी रहा है। दीपा हसरत-भरी निगाहों से देखती है। टैक्सी दौड़ी जा रही है। नवीन और दीपा पास-पास बैठे है। नवीन का हाथ दीपा की कमर में है। दीपा का सिर उसकी छाती पर है। दीपा ने आंखें बन्द कर ली हैं। इसी तरह का एक दृश्य संजय के साथ भी उसकी आंखों के सामने घुमड़ता है। दीपा की साड़ी का पल्लू नवीन के हाथों पर हैं···दोनों अलग-अलग कोने में बाहर की तरफ झांक रहे हैं। दीपा खोई-सी बैठी है। टैक्सी मैरीन ड्राइव पर जा रही है।]

दृश्य 81।

दिन : पार्क में

[छनी हुई धूप में नवीन लेटा हुआ है, दोनों हाथ सर के पीछे किए हुए। पास ही दीपा बैठी है, अपनी ठोड़ी घुटनों पर रखे।]

दृश्य 82

दिन : रास्ता : बम्बई

[टैक्सी रुकती है। दीपा को टैक्सी के

अन्दर झटका लगता है। हड़बड़ाकर दाहिनी ओर का फाटक खोल दीपा उतरती है। नवीन दूसरी साइड पर है। टैक्सी के पैसे देता है]

नवीन : हमेशा बाईं तरफ ही उतरना चाहिए।

[टैक्सी चली जाती है। दीपा और नवीन चलते हैं। साथ-साथ···दीपा ने कुछ रुपये निकाल रखे हैं बैग से, टैक्सी वाले को देने के लिए···उन्हें फिर से बैग में रख देती है।]

दृश्य 83

दिन : चाइनीज़ रेस्टोरेण्ट

[चाइनीज़ वेटर खाना लाकर टेबल पर रखता है। दीपा और नवीन आमने-सामने बैठते हैं। दोनों चुपचाप खाते हैं। दीपा एक बार आंखें उठाकर देखती है। नवीन को ऐसा आभास होता है कि वह, दीपा के दोनों हाथों को लेकर बैठा है और आवेग से कह रहा है कि दीपा, तुमने मुझे माफ तो कर दिया न? मैं आज भी तुम्हें प्यार करता हूं। जो कुछ भी हुआ उसे भूलकर मैं तुमसे शादी करना चाहता हूं। यह भी लगता है, उसी आवेग से दीपा भी उत्तर दे रही है, नवीन, मैं भी शायद···पर··· ओफ···दिल्ली में···क्या बताऊ नवीन···]

चाइनीज़ वेटर : कॉफी या आइसक्रीम?

[दीपा और नवीन वर्तमान अवस्था में आ जाते हैं।]

नवीन : दो कॉफी। बिल भी ले आना।

[वेटर चला जाता है। दोनों फिर चुपचाप खाते रहते हैं। दीपा खाते-खाते एकदम नवीन की तरफ देखती है।]

दीपा : कुछ कहा तुमने?

नवीन : नहीं तो।

[दीपा सकपकाकर फिर खाने की कोशिश करती है। खा नहीं पाती। कांटा-चम्मच रख देती है। वेटर आता है। नवीन वेटर को पैसे देता है।]

दीपा : मुझे पे करने दो, आज मैं लाई हूं तुम्हें।

नवीन : (मुस्कराते हुए) कॉफी कैसी है?

दृश्य 84

रात : बेडरूम : बम्बई

[दीपा और ईरा दोनों लेटी हुई हैं। ईरा सो गई है। दीपा जगी हुई है। उसे संजय फूल लिए खड़ा दिखाई देता है।]

दृश्य 85

दिन : रसोई : बम्बई

[ईरा रसोई में अण्डे का पोच बना रही

है। दरवाजे की घण्टी बजती है।]

दृश्य 86

दिन : बेडरूम : बम्बई

[दीपा तपाक से बिस्तर से उठती है। घड़ी की तरफ देखती है। नौ बजे हैं। फुर्ती से आईने के सामने आकर अपने-आपको संवारती है, साड़ी ठीक करती है और भागती है।]

दृश्य 87

दिन : ड्राइंगरूम : बम्बई

[दीपा दौड़कर दरवाज़ा खोलती है। दरवाज़े पर पोस्टमैन को देखकर निराश हो जाती है। पोस्टमैन से चिट्ठी ले लेती है।]

ईरा की आवाज़ : कौन है?

[दीपा दरवाज़ा हलका-सा बन्द करती है। ईरा हाथ साफ करती बाहर आती है।]

दीपा : तेरी चिट्ठी।

[दीपा चिट्ठी ईरा को देकर चली जाती है। ईरा चिट्ठी खोलकर पढ़ती है। उसे गुस्सा आता है। चिट्ठी को वहीं फेंककर अपने-आप ज़ोर से बड़बड़ाती है।]

ईरा : मुझे मालूम था। अब साहब मद्रास गए हैं।

हफ्ते-भर बाद आएंगे।

[दीपा ड्राइंगरूम में वापस आती है। उसका चेहरा खिल उठता है। नवीन दरवाज़े पर खड़ा है। ईरा नवीन की तरफ मुड़ती है।]

ईरा : देखो, क्या लिखते हैं तुम्हारे अशोक साहब! अभी मद्रास जा रहे हैं, फिर बगलौर, फिर हैदराबाद, ट्रिवेंड्रम। दुनिया की हर जगह जाएंगे, लेकिन यहां बम्बई वापस आने की फुर्सत नहीं है—क्योंकि यहां उनकी बीवी रहती है। आने दो इस बार, डाईवोर्स दे देंगी।

नवीन : इसी डर से शायद नहीं आ रहा।

ईरा : (हड़बड़ाकर) अरे वो अण्डे जल गए होंगे।

[ईरा दौड़कर रसोईघर में चली जाती है। नवीन और दीपा हंसते हैं।]

दृश्य 88

दिन : हैंगिंग गार्डन का रेस्टोरेण्ट

[हैंगिंग गार्डन से बम्बई का दृश्य। नवीन और दीपा यहां रेस्टोरेण्ट में चाय पी रहे हैं। दोनों एकदम चुप हैं।]

नवीन : अब तो तुम यहां आ जाओगी?

दीपा : हां।

नवीन : नौकरी के बाद क्या इरादा है?

[दीपा नवीन की तरफ देखती है। मन

ही मन कहती है कि कह दो नवीन, कह दो, तुम मुझे अपनाना चाहते हो। मैं बुरा नहीं मानूंगी। मान भी कैसे सकती हूं! मैं भी तो यही चाहती हूं। मैं तुम्हें प्यार करती हूं नवीन ···दीपा अपने में आ जाती है।]

दीपा : पता नहीं।

नवीन : तुम्हारे यहां आने से मैं बहुत खुश हूं।

[दीपा एकदम नवीन की तरफ देखती है, फिर नज़रें झुका लेती है। फिर दोनों खामोश हो जाते हैं। चुपचाप चाय पीते हैं। फिर दोनों एकसाथ कुछ कहते हैं और दूसरे की सुनने के लिए चुप हो जाते हैं। नवीन मुस्कराता है।]

नवीन : तुम कहो—क्या कह रही थीं?

दीपा : नहीं, पहले तुम बताओ, क्या कह रहे थे?

[दीपा चाय का कप उठाकर पीती हुई सोचती है : मुझे मालूम है, हमारे टूटे सम्बन्ध को फिर से जोड़ने की बात तुम कहना चाहते हो। तुम आज भी मुझे अपना समझते हो। तुम जानते हो, आज भी दीपा तुम्हारी है। और मैं?···]

नवीन : मैं यही कह रहा था कि शाम को मुझे एक शूटिंग करनी है। तुम भी आओ न वहां। देखना कैसे काम होता है हमारा।

[दीपा कुछ उदास हो जाती है।]

नवीन : कोई वैसी खास बात नहीं है—तुम्हें कल जाना

है दिल्ली—आज आराम करो घर पर।

दीपा : नहीं, मैं चलूंगी। देखती हूं, कैसा काम करते हो।

दृश्य 89

दिन : जुहू बीच

[एक लड़की भीगी हुई जुहू बीच पर हंसती हुई भागी आती है।···नवीन एक कैमरे से शूटिंग कर रहा है। पास ही दीपा बैठी हुई है। लड़की भागती है। यह लड़की और एक आदमी दोनों हाथ में हाथ लिए समुद्र की तरफ दौड़कर जाते हैं। नवीन शूट करता है। दीपा और नवीन हाथ में हाथ पकड़े दौड़ते हुए कैमरा की तरफ आते दिखाई देते हैं। दीपा बैठी हुई देखती है।]

दृश्य 90

रात : रेलवे स्टेशन : बम्बई

[दीपा और ईरा स्टेशन पर चलती हुई आती हैं। पीछे कुली सामान लिए हुए है। कुली एक डिब्बे में सामान रख देता है। लेडीज़ थर्ड स्लीपर। दीपा भी डिब्बे में जाती है··· ईरा बाहर ही खड़ी है। सामान रखवाकर

दीपा फिर बाहर आती है।]

ईरा : सब ठीक है न?

[दीपा मुस्कराती है। फिर वह बाहर आ जाती है।]

ईरा : दो-चार दिन और ठहर जाती तो अच्छा रहता। अशोक से भी मुलाक़ात हो जाती।

दीपा : उनसे तो फिर आकर ही मुलाकात होगी। नवीन को पूरी उम्मीद है कि यह नौकरी मुझे ही मिल रही है।

ईरा : फिर तू जल्दी आ जा। मैं भी तो तेरा साथ ज़्यादा न दे सकी।

दीपा : ठीक है ईरा, तुझे अपना काम भी तो देखना है।

[दीपा बेचैनी से मौका पाकर गेट की तरफ झांकती रहती है।]

ईरा : जा, तू अन्दर बैठ जा।

दीपा : अच्छा ईरा, तूने बहुत किया मेरे लिए।

[दीपा ईरा के दोनों हाथ पकड़ती है।]

ईरा : छोड़, मैंने क्या किया—जो कुछ किया वो नवीन ने ही किया है।

[दीपा गर्दन झुका लेती है।]

दीपा : अच्छा ईरा, तू अब जा, गाड़ी छूटने तक रहने की कोई ज़रूरत नहीं है।

ईरा : अभी नवीन आएगा, उसीके साथ चली जाऊंगी।

दीपा : मैंने नवीन से न आने को कह दिया है; क्योंकि उसे भी कुछ काम था। सब ठीक है ईरा··· तू जा···मैं डिब्बे में बैठती हूं।

ईरा : अच्छा दीपा—बाई—कुछ दिन कैसे मज़े में कट गए तेरे साथ—(धीरे से) रात बिस्तर में तेरी याद आएगी।

[दीपा हंसती हुई डिब्बे में चढ़ जाती है। हाथ हिलाती है। ईरा आखिरी बार हाथ हिलाकर चली जाती है। दीपा उचक-उचक-कर किसीको देखना चाहती है। इंजन और डिब्बों का कपलिंग होता है। दीपा का चेहरा खिल उठता है। वह ज़ोर से हाथ हिलाती है। नवीन तेज़ी से चलता हुआ आता है। डिब्बों की तरफ झांकता हुआ···दीपा हाथ हिलाती है और डिब्बे के नीचे उतर आती है। नवीन ने दीपा को देख लिया है। वह मुस्कराता है और दीपा के पास आता है।]

दीपा : क्यों आए बेकार में? ईरा तो आई थी···

[नवीन एक बार डिब्बे के अन्दर झांकता हुआ रूमाल से अपना मुंह पोंछता है।]

नवीन : जगह अच्छी मिल गई?

दीपा : हां।

नवीन : पानी-वानी तो है···कुछ और चाहिए?

दीपा : नहीं।

नवीन : चलो, मैं बिस्तर बिछा देता हूं।

दीपा : मैं बिछा लूंगी। बिस्तर खोल दिया है।

[दीपा को कुछ निराशा-सी होती है।]

नवीन : कुछ चाहिए क्या?

[दीपा नवीन की तरफ देखती हुई मन ही मन कहती है कि सब कुछ चाहिए नवीन! तुम कह क्यों नहीं देते, मैं तो पूरे मन से तुम्हारी हूं।]

दीपा : कुछ नहीं।

नवीन : (इधर-उधर देख) आज भीड़ कुछ ज्यादा नहीं।

[दीपा भी देखती है।]

नवीन : ऊपर चढ़ जाओ दीपा,गाड़ी चलने ही वाली है।

[दीपा चढ़ जाती है। वह खिड़की पर आकर बैठ जाती है।]

नवीन : जाकर पहुंचने की खबर देना दीपा! मैं भी जैसे ही यहां का पता लगेगा, खबर भेज दूंगा।

[गार्ड की सीटी बजती है। दीपा कुछ चौंक उठती है। गार्ड अपने डिब्बे में से हरी झण्डी दिखाता है। दीपा नवीन की तरफ मायूसी से देखती रहती है। रेल के पहिये चलते हैं। रेल की सीटी। दीपा अपना हाथ खिड़की के पास रखती है। उसकी आंखें छलछला आती हैं। नवीन धीरे-धीरे गाड़ी के साथ चलता है—दीपा का हाथ वहीं रखा है। ट्रेन की रफ्तार बढ़ती है···बहुत-से लोग हाथ हिलाते नज़र आते हैं···नवीन भी। दीपा से

रहा नहीं जाता···वह हाथ बढ़ा देती है··· नवीन दीपा का हाथ पकड़ने के लिए दौड़ता है··· दीपा हाथ और ज़्यादा बढ़ाती है···नवीन भीड़ को चीरता हुआ आगे बढ़ता रहता है। नवीन का हाथ दीपा के हाथ के पास आता है··· दोनों की उंगलियां एक-दूसरे को छूने के लिए लपकी हुई हैं···उंगलियां काफी पास-पास आ जाती हैं···ट्रेन की रफ्तार बढ़ती जाती है··· वे एक-दूसरे को नहीं छू पाते···नवीन दौड़ता-दौड़ता धीरे हो जाता है···हाथ हिलाता रहता है···दीपा बाहर ताकती ही रहती है···उसकी आंखों से आंसू ढलकते रहते हैं···दूर नवीन खड़ा दिखाई देता है फिर···वह भी भीड़ में खो जाता है।]

दृश्य 91

रात : गाड़ी के अन्दर

[दीपा गाड़ी में बैठी है। खिड़की के बाहर लोकल स्टेशन तीर की तरह निकले जा रहे हैं। उसका चेहरा गम्भीर है। आंखों से निकले आंसू सूख गए हैं। पेड़ और मैदान भागते जा रहे हैं। दीपा लेट जाती है और लेटी-लेटी ही दिवास्वप्न की स्थिति में आ जाती है।]

दृश्य 92

दिवास्वप्न

[किसी मैदान में संजय खड़ा है। दूसरी तरफ नवीन। दीपा संजय के पास आकर उसे दोनों हाथों से पकड़कर एक तरह से प्रार्थना करती है।]

दीपा : सच मानना संजय, इन चार-पांच साल से मैं खुद भ्रम में थी और तुम्हें भी भ्रम में डाल रखा था। लेकिन आज—आज छलना के सारे जाल टूट चुके हैं···जिस सम्बन्ध को टूटा हुआ जानकर मैं भूल चुकी थी, उसकी जड़े हृदय की किन अटल गहराइयों में जमी हुई थीं, इसका अहसास बम्बई में नवीन से मिलकर हुआ··· मैं आज भी नवीन से प्यार करती हूं।

[दीपा संजय को छोड़कर नवीन के पास दौड़कर जाती हैं··दीपा नवीन को संजय की तरह पकड़कर कहती है।]

दीपा : नवीन, जो तुम इन सात दिनों में न कह पाए, वह तुम्हारे आज इस तरह से मुझे छूने के लिए भागने ने कह दिया···विश्वास करो···यदि तुम मेरे हो तो मैं भी तुम्हारी हूं···एकमात्र तुम्हारी···

[दीपा फिर संजय के पास दौड़ जाती है।]

दीपा : संजय, मुझे माफ करना···आज लग रहा है,

तुम्हारे लिए मेरे मन में जो भी भावना है वह प्यार की नहीं, केवल कृतज्ञता की है—तुमने मुझे उस समय सहारा दिया था जब नवीन और अपने पिता को खोकर मैं चूर-चूर हो चुकी थी···जीवन में एक शून्यता आ गई थी। तुमने उसकी पूर्ति की···तुम पूरक थे। गलती से तुम्हें प्रियतम समझ बैठी। मुझे भूल जाओ संजय! तुम्हें संजय, मेरी जैसी कई दीपाएं मिल जाएंगी, जो सचमुच ही तुम्हें प्रियतम की तरह प्यार करेंगी···आज मैं एक बात अच्छी तरह जान गई—पहला प्रेम ही सच्चा होता है···

दिवास्वप्न समाप्त

दृश्य 93

दिन : ड्राइंगरूम : दिल्ली

[बहादुर दरवाज़ा खोलती है। दीपा कमरे में आती है।]

दीपा : जा, सामान ले आ नीचे से।

[सामने देखती है कि रजनीगंधा के फूल फूलदानी में लगे हुए हैं। वह पास आती है। फूलों को छूती है। बहादुर लगेज लेकर अंदर आ जाता है।]

दीपा : कौन लाया ये फूल?

बहादुर : कल संजय साब आए थे। एक चिट्ठी भी दी है। एक गुच्छा सोने वाले कमरे में भी है।

[दीपा सोच में पड़ जाती है। बहादुर चिट्ठी लाकर देता है। दीपा चिट्ठी फाड़कर पढ़ती है। लिखा है : तुम तो बम्बई से पांचवें दिन वापस आने वाली थीं। मैं आज आफिस के काम से कलकत्ते जा रहा हूं। पांच-छः दिन में लौट आऊंगा। तब तक तुम आ ही जाओगी। जानने को उत्सुक हूं बम्बई में क्या हुआ। तुम्हारा—संजय···

दीपा एक आराम की सांस लेती है।]

दृश्य 94

रात : बेडरूम : दिल्ली

[दीपा बिस्तर पर पेट के बल लेटी है। एक चिट्ठी लिख रही है। वह लिखती है: 'प्रिय नवीन,' मुंह ऊपर करके सोचती है तो सामने रजनीगंधा का गुलदस्ता नज़र आता है। उसे खराब लगता है। एक पेज निकालकर फाड़ देती है। फिर लिखती है: 'नवीन,' फिर ऊपर देखती है तो सामने रजनीगंधा। इस बार अपने लेटने की मुद्रा बदल लेती है और चिट्ठी लिख डालती है। चिट्ठी को लिफाफे में रख-कर दीपा चित सोती है तो उसकी आंखों के

सामने नवीन का दौड़कर उसके हाथ पकड़ने का दृश्य उभरता है। दीपा मुस्कराती है और करवट लेकर सोती है।]

दृश्य 95

दिन : बालकनी : दिल्ली

[बच्चे स्कूल से वापस आते दिखाई देते हैं। कुछ आदमी साइकलों पर हैं। दीपा देखती रहती है। धीरे से वह डाइंगरूम के अंदर जाती है।]

दृश्य 96

दिनः ड्राइंगरूम : दिल्ली

[दीपा आकर सोफे पर निराश-सी बैठ जाती है। घड़ी की तरफ देखती है। एक पत्रिका लेती है। पढ़ने की कोशिश करती है। फिर उसे एक तरफ पटक देती है। खड़ी हो जाती है···]

दीपा : बहादुर!

[बहादुर आता है।]

दीपा : कोई चिट्ठी नहीं आई?

बहादुर : नहीं।

दीपा : तूने वो चिट्ठी डाल दी थी न उस दिन?

बहादुर : कौन-सी चिट्ठी?

दीपा : एक ही तो चिट्ठी दी थी तुझे तीन दिन पहले।

बहादुर : हां, वह तो उसी दिन डाल दी।

[दीपा रेडियो चलाती है। अपने हाथों में मुंह लेकर बैठी रहती है। मुंह तमतमा उठता है। आंखें भर आती हैं।]

दृश्य 97

रात : बेडरूम : दिल्ली

[दीपा आंखें खोले लेटी है। उसकी आंखों के सामने नवीन के संग बम्बई घूमने के कई दृश्य उभरते हैं।]

दृश्य 98

दिन : बालकनी : दिल्ली

[दीपा बालकनी में खड़ी है। दूर से एक पोस्टमैन आता नज़र आता है। दीपा खुश होती है। वह अंदर दौड़ती है···]

दृश्य 99

दिन : सीढ़ियां और पैसेज : दिल्ली

[पोस्टमैन सीढ़ियों से ऊपर आता है।

पैसेज में चिट्ठियां देखता हुआ चलता है। दरवाज़ा खोलकर दीपा बाहर आती है।]

दीपा : कोई लेटर है हमारा?

[पोस्टमैन चिट्ठियों के पुलंदे में देखता है।]

पोस्टमैन : नहीं…

[पोस्टमैन आगे बढ़ जाता है। दीपा निराश हो जाती है।]

दृश्य 100

दिन : ड्राइंगरूम' : दिल्ली

[सोफे पर आकर दीपा बैठ जाती है। उसका चेहरा रुआसा-सा हो जाता है। होंठ फड़फड़ाते हैं। आंखों में आंसू आ जाते हैं। उठती है। गुलदस्ते के पास आती है। रजनी-गंधा के फूल मुरझा गए हैं। फूलों को उठाती है, देखती है।]

दृश्य 101

दिन : बालकनी : दिल्ली

[दीपा बालकनी में आती है। मुरझाए फूल बाहर फेंक देती है। दीवार पर पीठ टेक-कर खड़ी रहती है…घण्टी बजती है।]

दृश्य 102

दिन : ड्राइंगरूम : दिल्ली

[दीपा दरवाज़ा खोलती है। मिसेज मेहता बंटी के साथ अन्दर आती है।]

मिसेज मेहता : कैसी हो दीपा? जब से आईं, मिल ही नहीं पाईं···

दीपा : ठीक हूं आण्टी···बैठिए न···

मिसेज मेहता : नहीं दीपा···यहां तो मरने तक की फुर्सत नहीं है···चलती हूं···एक दिन संजय पाया था।

[दीपा को अजीब-सा लगता है।]

दीपा : हां···बहादुर ने बताया मुझे···बैठो न थोड़ी देर···बहादुर को चाय बनाने को कहती हूं···

मिसेज मेहता : रहने दो दीपा! सच, मुझे काम है, मैं तो सिर्फ देखने आई थी एक बार···बण्टी बेटे, खेल यहां।

[मिसेज़ मेहता मुस्कराकर चली जाती है। दीपा बण्टी को गोद में खींच लेती है।]

बंटी : तुम कहां गई थीं दीपा आण्टी?

दीपा : गई थी किसी से मिलने···तू जाएगा?

[बंटी हां कहकर सिर हिलाता है।]

दृश्य 103

रात : बेडरूम : दिल्ली

[लेटी हुई दीपा की कल्पना में उसका और

नवीन का वह दृश्य उभरता है जब बम्बई में—दीपा लेटी है···घण्टी की आवाज़···दीपा दौड़कर दरवाज़ा खोलती है···नवीन आता है···फिर घण्टी की आवाज़···नवीन खड़ा है···उसकी दाईं कनपटी पर सूरज की रोशनी पड़ती है···घण्टी की आवाज···दीपा सोई हुई···घण्टी की आवाज़···दीपा आंखें खोलती है'··· घण्टी की आवाज़—दीपा उठ खड़ी होती है।]

दृश्य 104

रात : ड्राइंगरूम : दिल्ली

[ड्राइंगरूम का दरवाज़ा खुला है। पोस्ट-मैन से बहादुर एक टेलीग्राम लेता है। दीपा ड्राइंगरूम में आ जाती है। बहादुर टेलीग्राम दीपा के हाथों में दे देता है। दीपा कुछ घबरा-सी जाती है। टेलीग्राम फाड़ती हुई जल्दी से सोने के कमरे में जाती है। बेडस्विच दबाती है। रोशनी होती है। बिस्तर पर बैठकर दीपा टेलीग्राम पढ़ती है। टेलीग्राम ईरा का है···'नियुक्ति हो गई है—बधाई।' लेकिन दीपा खुश नहीं होती। थोड़ी देर ऐसे ही अनमनी-सी बैठी रहती है। रोशनी बुझाती है। फिर लेट जाती है और लेटी-लेटी भर्राई

हुई आवाज़ में बड़बड़ाती है—नवीन, तुमने चिट्ठी क्यों नहीं दी…यह खबर तो मैं तुमसे सुनना चाहती थी।]

दृश्य 105

दिन : बालकनी : दिल्ली

[दीपा बालकनी में उदास-सी खड़ी है—रास्ते पर के लोगों को देखती है…मिसेज़ मेहता बंटी को लिए आती नज़र आती है। मिसेज़ मेहता ऊपर की तरफ उंगली करके दिखाती है। बंटी, ऊपर देखकर चिल्लाता है—आण्टी! दीपा मुस्कराती है और हलके से उसे बुलाती है।…मिसेज़ मेहता भी इशारों में बंटी से कहती है—जाएगा वहां? दोनों बालकनी के नीचे गायब हो जाते हैं। दीपा फिर मायूस-सी खड़ी रहती है। दूर से एक स्कूटर आता नज़र आता है। दरवाज़े की घंटी बजती है—दीपा मुड़ती है।]

दृश्य 106

दिन : ड्राइंगरूम : दिल्ली

[दीपा दरवाज़ा खोलती है। पोस्टमैन एक चिट्ठी देता है। दीपा खिल उठती है।

जल्दी से चिट्ठी खोलकर पढ़ती है। नवीन की चिट्ठी है। लिखा है: 'तुम्हें अपनी नियुक्ति का तार तो मिल ही गया होगा। मैंने कल ईरा को टेलीफोन पर बताया। उसने कहा कि वह तार दे देगी। कालेज से भी एक-दो दिन में खबर मिल जाएगी। इस कामयाबी के लिए मेरी ओर से हार्दिक बधाई। सच, मैं बहुत खुश हूं कि तुम्हें यह काम मिल गया···शेष फिर।' आखिरी लाइन पर दीपा का चेहरा फिर उदास हो जाता है—शेष फिर, शेष फिर, बार-बार गूंजता है···]

आवाज़ : दीपा!

[किसीकी आवाज़ आती है। दीपा मुड़कर देखती है। दरवाज़े पर संजय ढेर सारे रजनीगंधा के फूल लिए खड़ा मुस्करा रहा है। दीपा कुछ सेकण्ड तक सिर्फ देखती ही रहती है। हाथ से चिट्ठी अपने-आप छूट जाती है·· संजय दो कदम आगे बढ़ता है। दीपा से अब नहीं रहा जाता। वह पागलों-सी दौड़कर जाकर संजय से लिपट जाती है।]

संजय : अरे···क्या हो गया तुम्हें? क्या बात है?

[दीपा रोती है।]

दीपा : कहां चले गए थे संजय···मुझे अकेला छोड़···

[संजय हंसकर उसकी पीठ पर थपकी देता है।]

संजय : समझा··बम्बई की नौकरी नहीं मिली! गोली मारो नौकरी को। इसमें इतना परेशान होने की क्या बात है—हैं? मुझे दीपा, प्रोमोशन मिल गया है। अब मैं अफसर बन गया हूं। रंगनाथन बिचारा रह ही गया। कुछ भी कहो, हमारे आफिसर्स सब अच्छे हैं। लेकिन रहना यहीं पड़ेगा—दिल्ली में···

दीपा : मुझे नहीं जाना बम्बई।

संजय : बस, अब हमारी शादी का रास्ता साफ है··· अब छोड़ो मुझे, यह फूल तो लगा दें वहां···

दीपा : नहीं···

[दीपा संजय से चिपटी रहती है। दीपा की पीठ पर रजनीगंधा का गुलदस्ता संजय पकड़े हुए है···दोनों काफी देर तक आलिंगन में बंधे रहते हैं।]

OOO